소설 이이롤리쉬세븐 IDOLiSH SEVEN 7 아이나나 학원

〈소설〉
TEIKO SASAKI

〈캐릭터 원안·일러스트〉
ARINA TANEMURA

〈원작〉
BANDAI NAMCO Online

IDOLiSH7

나나세 리쿠
RIKU NANASE

나이 : 18세
신장 : 173cm
생일 : 7월 9일
좋아하는 것 : 영웅물
싫어하는 것 : 병원 냄새

어리바리한 면도 있지만, 솔직한 노력파. 실은 쿠죠 텐의 쌍둥이 동생.

이즈미 이오리
IORI IZUMI

나이 : 17세
신장 : 174cm
생일 : 1월 25일
좋아하는 것 : 쿨하고 샤프한 것
싫어하는 것 : 작은 것, 귀여운 것

미츠키의 동생으로 쿨한 성격. 실은 작고 귀여운 걸 좋아한다.(극비정보)

니카이도 야마토
YAMATO NIKAIDO

나이 : 22세
신장 : 177cm
생일 : 2월 14일
좋아하는 것 : 편한 것
싫어하는 것 : 귀찮은 것

초연한 성격을 가장하고 있지만, 내면은 뜨겁고 누구보다 멤버 사랑이 깊다.

이즈미 미츠키
MITSUKI IZUMI

나이 : 21세
신장 : 165cm
생일 : 3월 3일
좋아하는 것 : 전설의 아이돌 '제로'
싫어하는 것 : 큰 것

이오리의 형. 활기차고, 밝고, 귀여운 외모와 달리 사나이답고 남 돌보기를 좋아한다.

요츠바 타마키
TAMAKI YOTSUBA

나이 : 17세
신장 : 183cm
생일 : 4월 1일
좋아하는 것 : 임금님 푸딩
싫어하는 것 : 자잘한 것

천재형 여유만만 캐릭터. 약속이나 시간을 잘 지키지 않는 개인주의자.

오사카 소고
SOGO OSAKA

나이 : 20세
신장 : 175cm
생일 : 5월 28일
좋아하는 것 : 정리정돈
싫어하는 것 : 약한 자신

성실하고, 착한 호청년. 책임감이 강하고, 머리도 좋아서 뭐든 뛰어나게 잘 해낸다.

타카나시 츠무기
TSUMUGI TAKANASHI

IDOLiSH7의 매니저. 타카나시 프로 덕션의 사장 타카나시 오토하루의 외동딸. 긍정적이고, 심지가 굳다.

로쿠야 나기
NAGI ROKUYA

나이 : 19세
신장 : 180cm
생일 : 6월 20일
좋아하는 것 : 여자
싫어하는 것 : 심야의 애니메이션을 방해하는 속보

북유럽계 혼혈. 달콤한 말로 금방 여자들을 유혹한다. 애니메이션 〈매지컬★코코나〉를 애정한다.

IDOLiSH 7

TRIGGER

IDOLiSH7의 라이벌 그룹

야오토메 가쿠
GAKU YAOTOME

나이 : 22세
신장 : 183cm
생일 : 8월 16일
좋아하는 것 : 소바
싫어하는 것 : 가족을 소중히 하지 않는 인간

지기 싫어하고, 입이 거칠지만, 정이 많은 면도 있다. '안기고 싶은 남자 No.1'에 뽑히기도 했다.

쿠죠 텐
TENN KUJO

나이 : 18세
신장 : 173cm
생일 : 7월 9일
좋아하는 것 : 완벽한 것
싫어하는 것 : 어중간한 것

겉으로는 소악마 캐릭터를 고수하는 완벽주의나 실력주의, 실은 나나세 리쿠의 쌍둥이 형.

츠나시 류노스케
RYUNOSUKE TSUNASHI

나이 : 23세
신장 : 190cm
생일 : 10월 12일
좋아하는 것 : 오키나와 요리, 술
싫어하는 것 : 딱히 없음

온화하고 수줍은 성격이지만, '위험하고 섹시한 와일드 캐릭터'로 먹혀서 곤혹스럽다.

Re:vale

톱 아이돌 그룹

모모
MOMO

나이 : 25세
신장 : 173cm
생일 : 11월 11일
좋아하는 것 : 복숭아와 사과 스파클링
싫어하는 것 : 해피하지 않은 것

익살스럽고 텐션이 높다. 자신의 일로는 서둘러서 혼자 고민하기도….

유키
YUKI

나이 : 26세
신장 : 178cm
생일 : 12월 24일
좋아하는 것 : 모모의 웃긴 말
싫어하는 것 : 태도가 오만한 사람

쿨한 분위기가 감도는데, 의외로 웃음 비등점이 낮다. 후배를 많이 생각하고, 다정함.

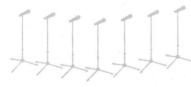

Story

IDOLiSH7은 타카나시 프로덕션 소속의 신인 7인조 아이돌! 첫 야외 라이브에 관객이 고작 9명밖에 오지 않는 등 다사다난한 와중에 폭풍 속에서 선보인 길거리 라이브가 인터넷에서 화제가 되며 서서히 팬이 늘기 시작하는데….

이이돌리쉬세븐
소설 IDOLiSH7
SEVEN 아이나나 학원

contents

아이나나 학원

짙은 어둠 속, 환상의 꽃이 피어 있다.

먹을 칠해 놓은 듯한 칠흑 같은 벽에 비친 디지털 아트의 꽃이다. 아무것도 없었던 공간에 살포시, 에메랄드그린의 빛이 한 점 비친다. 반짝거리는 어린 싹은 보고 있는 사이에 자라나 잎이 무성해지고, 그 끝에는 달빛 같은 몽롱한 색의 일곱 개 꽃봉오리가 맺힌다.

봉오리가 부풀어 오르고 각각 다른 색깔로 부드럽게 나풀거리며 꽃잎을 피웠다.

이곳은 인터넷 방송 프로그램의 녹화 스튜디오.

촬영을 하고 있는 건 지금 한창 인기를 구가하고 있는 아이돌 그룹 IDOLiSH7의 멤버들이다.

미니 드라마 '아이나나 학원'의 최종화 녹화다.

'아이나나 학원'은 학원의 지배를 기획하고 있는 야마토가 소고와 이오리를 끌어들여 나기, 리쿠, 타마키와 대결을 펼치는 드라마다.

일제히 라이트 ON. 카메라맨들 스탠바이.

촬영 개시 신호와 함께 조명으로 인해 연하게 보이는 디지털 플라워를 배경으로 흰색 응원복에 진홍빛 어깨띠를 한 응원단

장 모습의 나나세 리쿠가 소리를 높인다.

"나는 어둠을 증오해! 너희들의 어둠을 증오해! 나의 사랑의 힘으로 모든 증오를 태워 없애버릴 거야! 나는 너를- 용서치 않아!!"

목소리가 쭉 뻗어 스튜디오에 울려 퍼진다.

순간, 스튜디오의 공기가 온화함으로 가득 찬다.

기합이 들어간 우렁찬 목소리와 리쿠의 곧은 시선에선 증오의 감정이라고는 조금도 보이지 않는다. 오히려 가장 좋아하는 사람을 따르는 강아지 같은 눈을 하고 있다.

리쿠와 대치하고 있던 망토를 두른 흡혈귀 모습의 오사카 소고와 흰옷을 입은 보건의사 역할의 니카이도 야마토의 표정이 부드러워진다.

"……미안, 리쿠. 난 리쿠한테 미움 받고 있는 것 같지가 않아. 엄청 용서받고 있다는 느낌이 강할 정도야."

야마토가 손에 들고 있는 청진기를 돌리며 말했다.

"어?"

"좀 더 얄밉게 말하지 않으면 느낌이 살지 않을 것 같은데."

"아……."

리쿠의 등 뒤에 서 있던 요츠바 타마키가 '풉' 하고 웃는다.

리쿠는 자신을 보고 웃는 타마키를 어이없는 표정으로 쳐다봤다. 현재 고등학생인 타마키가 교복을 대충 입은 모습이 몹시 거슬렸기 때문이다.

리쿠가 자신을 보는 모습에 타마키는 제대로 웃음이 터져 버렸다.

옆에 서 있던 이즈미 이오리는 떨떠름한 표정이다. 이오리는 단추를 끝까지 채워 단정한 교복 차림에 의상 소품으로 안경을 쓰고 있다. 안경을 올리며 이오리는 한숨을 쉰다.

하지만 감독으로부터 '컷' 소리는 나오지 않았다. 촬영은 그대로 계속 됐다.

"요, 용서 못 해!!"

갑자기 정신이 든 것처럼 야마토와 소고를 향해 리쿠는 다짐하듯 다시 한 번 대사를 했다. 리쿠와 야마토의 중간에서 앞치마를 두른 모습으로 결박된 채 앉아 있는 이즈미 미츠키가 조마조마한 모습으로 리쿠를 보고 있다. 그 옆에는 야광봉을 든 행복한 표정의 로쿠야 나기가 있다. 웅크리고 앉아 미츠키의 결박을 풀어주고 일어선 나기는

"OH! 리쿠. 우리에게 증오는 어울리지 않아요. 설령 상대가 어둠의 지배자라 할지라도. 우리들의 무기는 언제나 증오가 아닌 사랑이에요. 리쿠, 그러니까—"

나기가 미소 지으며 말했다. 금발에 푸른 눈동자. 북유럽에서 온 나기는 누구든지 빠져들 매력의 소유자다.

"우리 노래 불러요."

"뭐!? 노래?"

리쿠는 큰 눈을 깜빡였다.

"네. 왜냐하면 우리는 IDOLiSH7이니까요. 컴 온, 뮤직!!"

딱! 하고 나기가 손가락을 튕겨 소리를 냈다.

음악이 흐르기 시작한다.

미니 드라마를 연기하던 그들의 등 뒤로 디지털 플라워의 낙원이 펼쳐지고, 각각의 꽃봉오리들이 맺히기 시작한다.

"······이런 얘기는 못 들었는데."

리쿠가 말했다. 리쿠뿐만 아니라 나기 이외의 다른 멤버들도 여기에서 노래를 한다는 건 몰랐던 것 같다.

맨 처음 앞으로 나간 건 미츠키였다. 카메라 앞의 적당한 위치에서 손을 들어 흔들며,

"인원수만큼 마이크 있어요?"

라고 스태프들에게 몸짓으로 물어본다. 스태프들이 바로 준비해준 마이크를 멤버들 모두 손에 들었다.

자연스럽게 각자의 위치에 섰다.

인트로가 끝나고, 리쿠의 노랫소리가 마이크를 통해 흘러나온다. 압도적인 가창력과 풍성하게 울려 퍼지는 노래가 스튜디오를 감싼다.

처음엔 조금 주저하는 듯 보였지만 노래를 시작하자 리쿠는 거침없었다.

어둠을 떨쳐내는 듯한 청량한 노랫소리가 울려 퍼지자, 나기가 '굿 잡!'이라고 엄지손가락을 치켜들며 웃는 얼굴로 턴을 했다.

소고는 칠흑 같은 망토를 휘날리며 스텝을 밟는다.

미츠키는 스태프들의 호응을 끌어내려는 듯, 음악에 맞추어 작은 체구로 점프를 했다.

타마키의 다이내믹한 댄스에 모두의 시선이 쏠린다.

야마토는 타마키의 댄스를 보며 미소를 짓는다. 청진기를 빙글빙글 돌리며 노래하는 야마토의 모습에서 '이건 미니 드라마

의 한 장면' 임을 알려 준다.

　서로 주고받는 표정에서 연기임을 알게 하고, 노래하고, 춤추며, 야마토는 리쿠와 나기를 위압한다.

　이오리는 바로 야마토의 연기에 대응해, 리쿠를 수호하듯 야마토의 앞을 가로 막았다. 애드리브에 기분이 좋아진 야마토는 여유의 미소를 띠며 뒤로 빠져 나갔다.

　감독의 '컷' 소리는 아직 들리지 않는다.

　스튜디오는 IDOLiSH7의 색으로 물들어 갔다.

　IDOLiSH7에게 인터넷 방송 프로그램 출연 섭외가 온 것은 2개월 전의 일이다.

　소속사인 타카나시 프로덕션의 매니저, 타카나시 츠무기로부터 이야기를 처음 들은 멤버는 이오리였다.

　이오리는 아이돌이긴 하지만 분석 능력이 뛰어나 츠무기를 돕는 일이 많았다. 단, 이오리가 츠무기의 브레인 역할을 하고 있다는 건 모두에겐 비밀이다. 현재 고등학생으로서 IDOLiSH7 멤버들 중 가장 어린 자신이 그룹의 방향성과 정체성을 정하는 것에 저항감을 느낄 멤버들도 있지 않을까하는 걱정 때문이다.

"인터넷 방송 프로그램이요…?"

"네!"

IDOLiSH7은 아이돌로서 이제 막 발을 들인 신인이다. 반짝반짝 빛나는 에너지를 가진 절대적인 '원석 아이돌'이지만 일반인들에겐 아직 많이 알려지지 않은 상태이다.

왜 아직도 뜨지 못하고 있는지 이오리에게 있어 그 이유는 명확했다.

방송 노출 빈도가 너무 낮은 것이다.

그들의 노래와 댄스를 듣고, 본다면 팬이 생길 것이다. 그 정도의 실력과 매력은 갖추고 있다. 하지만 신인 아이돌인 IDOLiSH7을 불러 주는 TV프로그램은 지금으로서는 거의 없다.

그런 와중에 TV가 아닌, 인터넷 방송 버라이어티 프로그램에 출연 제의가 들어 온 것이다.

"그러게요. 이거라면 해봐도 좋을 것 같네요."

섭외된 프로그램 내용을 살펴 본 이오리가 말했다. 거기에 츠무기는 내심 놀랐다.

"네? 정말요? 예전에 인터넷 방송 프로그램을 하는 것에 대해서 걱정스러운 부분이 있다고 하지 않으셨나요?"

IDOLiSH7의 이후의 활동에 대하여 츠무기와 이야기 했을 당시, 이오리가 한 말을 츠무기는 기억하고 있었다.

"아, 그랬었죠. 우리는 동영상으로 주목을 받은 아이돌 그룹이에요. 그러니까 인터넷 방송과는 연이 깊다고 생각하는 건 맞아요. 맞긴 하지만…."

IDOLiSH7은 피치 못할 사정에 의해 비바람이 치는 야외에서 공연을 하게 되었고, 이게 인터넷상에서 퍼져 나가 주목을 받았다.

인터넷 시대의 아이돌. SNS에서 좋아요! 또는 하트를 받으며 사람들 사이에서 퍼지는 동영상. 기업의 광고 없이 많은 조회수를 기록하고, 반짝거리며 새로이 등장한 그룹 IDOLiSH7. 이오리는 이것이 무기 중에 하나라고 생각했다.

그와 동시에 이러한 포지션이 자그마한 실수로도 사라져버릴 수 있는 양날의 검이라는 것도 알고 있었다.

"어쨌든 동영상에만 의존하면 하나의 이미지로 굳어져 버릴 가능성이 있어요. 오해 없이 말하자면 저희들은 '싸구려 아이돌'이 되고 싶진 않거든요."

"싸구려… 아이돌……이요?"

"네. 어디까지나 제 개인적인 생각이지만… 자칫 잘못하면 싸구려 아이돌로 전락해 버릴 수도 있어요. 지금은 누구라도 인터넷상에서 자신을 어필할 수 있는 시대예요. 일반인들도 동영상을 업로드하고 인기를 얻어, 기업들과 콜라보로 동영상을 만들어요. 그 안에서 프로 아이돌인 우리들이 나오는 의미를 생각해야 돼요. 단순히 조회수만 높아진다고 좋은 건 아니니까요."

의기소침한 표정으로 듣고 있는 츠무기. 이오리가 츠무기의 매니지먼트에 대해 화를 내고 있는 게 아님에도 츠무기는 가끔씩 이런 표정을 짓는다. 조금 미안하기도 하다.

"하지만… 저는 괜찮다고 생각해요!! IDOLiSH7의 노래도 댄스도 싸구려와는 거리가 머니까요. 아이돌 그 자체, 진정한 아이돌이에요. 분명 사람들도 알아줄 거라고 믿어요!"

낙담하는 것처럼 보였던 츠무기였지만, 입술을 깨물며 한숨을 크게 한 번 쉬고, 커다란 눈동자를 울먹이면서 이오리를 향

해 말했다.

이오리는 순간 깜짝 놀랐다. 이런 말을 계산 없이, 강아지 같은 얼굴로 하다니—

역시 매니저는 무섭다.

"당연하죠"

이오리 자신도 IDOLiSH7이 진정한 아이돌이라는 것을 '알고' 있다.

먼저 데뷔한 선배 아이돌 그룹 TRIGGER(트리거)는 예능에는 약하다.

그러므로 TRIGGER가 약한 부분을 노리는 것은 좋은 전략이다.

게다가—.

"이번에 섭외 들어온 프로그램은 예산이 여러 면에서 힘들다고 들었는데 그만큼 꽤 예리하게 파고드는 것 같긴 해요. 촬영 편집자로 이름을 올린 게 프리랜서지만…."

기획안을 훑어보며 내용과 함께 촬영 스태프들도 체크한다.

촬영팀 중 한 명은 예전에 이오리가 인터뷰 기사에서 본 적 있는 사람이었다.

세계적으로 활약하며 주목 받고 있는 디지털 아트 그룹 Y—클래식의 멤버가 '요즘 눈여겨보고 있는 사람'이라는 질문에 그 사람의 이름을 말했다.

취미로 제작해 올린 동영상이 너무 좋아서 사람들의 입소문을 타고 유명해진, 예술계에서 주목을 받고 있는 학생이었다.

"그 사람 동영상 봤어요. 기술은 말할 것도 없고, 주제나 표현법이 압도적으로 뛰어난 아름다운 화면에, 템포도 빠르고, 끝에는 살짝 웃음 포인트까지 있어서 인기가 많은 게 너무나 당연하던데요. 이런 인재를 찾아내고 섭외까지 한 프로그램이라면— 저희도 함께 해 볼만 하지 않을까요?"

"몰랐어요. 그런 분이 스태프로 계셨군요." 츠무기는 놀라며 작게 중얼거렸다.

"저희가 가지고 있는 최고의 무기는 나나세 씨의 노래예요. 노래를 듣고, 저희들의 댄스를 본다면 진정한 아이돌이라는 걸 전달할 수 있을 거예요. 마지막에 노래와 춤을 보여주는 코너도 있고, 이번 기획안의 큰 줄기인 '아이나나 학원'이라는 미니 드라마도 이분들과 함께라면 분명 사람들의 마음을 파고드는 재밌는 작품을 만들어 주실 거라고 생각해요. 이번 일은 해 볼 만

한 것 같아요."

"네! 알겠어요. 그럼 출연 수락할게요!!"

츠무기는 기뻐하며 활기찬 목소리로 답했다.

5일 후, 드라마 대본이 도착했다. IDOLiSH7 전원이 출연한다.

이미 MEZZO"(멧조)라는 유닛 그룹으로 CD를 발매한 타마키와 소고는 일이 더 늘어나는 셈이다. 부담은 되겠지만 그래도 두 사람은 크게 기뻐했다.

애초에 타마키와 소고는 MEZZO"의 활동만 해 나갈 생각은 전혀 없었다. 오히려 IDOLiSH7의 7명이 함께 데뷔하기 위한 길을 미리 여는 것이라고 생각해 열심히 하고 있다.

겉치레가 아닌, 진심으로 둘은 그렇게 생각하며 활동하고 있다. 그래서 두 사람은 매니저에게 IDOLiSH7의 매니지먼트와 섭외에 더 신경 써 달라며, MEZZO"에게 들어오는 일은 둘이서만 가는 경우가 많다.

중소 기획사에, 이제 막 활동하기 시작한 아이돌이다. 아직 전용 자동차 같은 건 살 수 있는 형편이 아니니, MEZZO"는

지하철을 이용한다. 이동 중에는 선글라스와 모자로 얼굴을 가리고 아이돌 스위치 오프. 이렇게 해도 알아보는 사람들이 있지만 적극적으로 말을 걸거나, 소란스러워져 곤란했던 경우는 없다.

하지만 이건 이거대로 타마키가 '아직 멀었구나'라고 실망하게 되는 상황이기도 하다.

타마키는 행방불명이 된 여동생을 찾기 위해 연예계에 발을 들였다. 이건 누구에게도 말하지 않았지만, 항상 좀 더 유명해지고 싶다는 생각을 한다. TV 출연도 많이 하고 싶다. 자신의 존재를 여동생이 봐 주기를 바라면서.

이런저런 생각에 멍해진 타마키는 소고와 지하철로 이동 중이다. 빈자리에 나란히 둘이 앉았다. 대중들에게 MEZZO"는 사이가 아주 좋다고 알려져 있지만 사실은 아니다.

"타마키 군, 대본 제대로 봤어?"

소고는 대본을 꺼내 읽기 시작한다. 이동하는 시간에도 대본을 외우려고 노력하는 성실한 소고다. 오늘 할 일은 오늘 꼭 해내는 성격이다.

그에 반해, 타마키는 오늘 할 일은 내일 하고 싶어 하는 성격

이다. 그렇다고 성실하지 않다는 건 아니다. 언제나 눈앞에 닥친 일에 최선을 다한다. 그러니 지금은 그 다음 것을 생각하고 있다.

"좀 있다 할게."

무뚝뚝한 대답. 소고는 눈길을 아래로 내린다.

늘 비슷한 패턴. 같은 대화의 반복이다.

소고는 상냥하고, 부드러운 톤의 목소리를 가졌다. 따뜻한 봄날의 햇살 같은 포근한 분위기로, 실제 성격도 온화하며 부드럽다.

하지만— 타마키한테만은 가끔 강한 어조로 말할 때가 있다. 타마키는 이게 불만이다.

"처음 드라마 섭외가 왔을 때, 7명이 하는 일이니까 열심히 하자고 우리 둘이 얘기 했었잖아. 녹화가 벌써 내일 모레야. 따로따로 촬영하는 건 어색할 수 있으니까 모두 함께 할 수 있는 날로 정한 거잖아."

늘 이런 식이다. 타마키는 소고의 설교만 듣는다.

"알아."

"우리의 스케줄에 맞춰 스태프들도 급하게 스튜디오를 섭외

해 줬고, 멤버들도 갑자기 1회분의 대사를 외우게 돼서 기숙사에서 다들 연습 중이야."

"소우, 밋키한테 무슨 말 듣고 큰 소리 냈었지."

학원물 미니 드라마다. 소고는 열혈 교사 역을 맡았다.

열혈 교사를 어떻게 연기해야 하는지 고민하던 소고가 미츠키에게 상담했던 걸 알고 있다. 미츠키의 조언에 따라 소고는 자고 있는 야마토를 큰소리로 깨워 조깅에 데리고 나가거나, 한창 '마법소녀 매지컬★코코나'에 대해 이야기하고 있던 나기의 말을 큰소리로 자른 후, 스케줄을 확인하고는 '다음 작품을 위해서 열정을 쏟아내야 되니 '매지컬★코코나'를 보여줄래? 참고할 수 있게'라고 부탁하기도 했다. 나기는 부탁 받지 않아도 '코코나의 위대함'에 대한 포교활동에 언제나 여념이 없다. 어느새 정신 차려보니 소고는 '코코나 사랑'에 대해 이야기하고 있는 나기 앞에 정자세로 앉아 진지한 얼굴로 '도움이 아주 많이 됐어.'라며 끄덕였다.

"그거 연습이었어?"

진지한 얼굴로 묻자 소고는 곤란한 표정으로 끄덕였다.

"연습이었어."

"시끄러웠어."

"……읏."

"어젯밤엔 소우가 너무 시끄러워서 하고 싶은 마음이 사라졌어."

소고는 진지하게 '열혈교사의 표현법'에 대해 미츠키에게 상담했었다. 미츠키의 조언에 살짝 웃고는 '해 볼게요'라며, 큰 소리로 야마토를 깨웠던 소고의 모습은 보기 드문 것이었다. 대충 맞춰주는 야마토를 향해 소고는 있는 힘껏 큰소리를 냈다. 평소의 소고라면 절대 큰소리로 말하지 않는다.

야마토에겐 '소우, 혹시 술 마셨어? 조깅 같은 건 그만두고 형님 옆에서 잠이나 자.'라는 말을 들으며 연습은 실패로 끝났다.

실패한 소고에게 미츠키는 웃으면서 걱정 말라고 했다. 소고는 '네'라고 답했다. 평소와는 너무 다른 역할을 위해 열심인 소고의 모습에 리쿠, 나기, 이오리는 소고를 둘러싸며 웃었다.

모두의 웃는 얼굴을 보며 소고도 '열혈교사는 어렵네요.'라며 수줍은 듯 웃어 보였다.

하지만 타마키는 웃지 않았다.

조금, 가슴 한구석이 쿡쿡 찌르는 느낌이 들며 아팠다.

소고는 타마키 이외의 사람들과 있을 땐 봄바람에 흔들리는 꽃잎처럼 부드럽게 웃고 있다. 미츠키가 무슨 말을 해도 화내지 않고, 미츠키의 제안도 진지하게 받아들였다.

소고는 타마키한테 상담 같은 건 안 한다. 기대려고도 하지 않는다.

의지할 수 있는 존재가 아니라는 건 알고 있지만, 타마키는 그게 왠지 싫다.

"그랬구나, 미안. 오늘부턴 타마키 군한테 방해가 되지 않도록 방에서 혼자 조용히 연습할게."

소고가 난처한 얼굴로 말한다.

당황하며 미안하다고 한다. 하지만 이게 아닌데, 라고 타마키는 생각했다. 소고에게 사과 받기 위해 이야기한 게 아니다. 불만을 이야기 한 게 아니다.

방해된다고 한 적 없는데—.

그렇게 들렸던 걸까.

소고는 타마키가 싫은 말을 하도록 잘 이끌어 낸다.

감정을 숨기는 게 서툴고, 반사적으로 생각한 걸 심하게 말

해 버리는 타마키의 나쁜 습관을 이끄는 데 능숙하다.

통명스럽게 툭 던지듯 말한 타마키는 풀이 죽어 버린다.

타마키의 말에 소고도 풀이 죽었다.

MEZZO"의 두 사람은 조금도 사이가 좋지 않다.

오늘도 타마키는 마음 한구석이 아프다.

누구에게나 웃는 얼굴인 소고를 보며, 타마키는 마음의 문이 닫히는 걸 느꼈다. '오늘 웃는 얼굴은 매진입니다. 영업 종료입니다.'라며 뿌리치는 듯이 보였다.

소고는 대본을 열심히 읽고 있다. 타마키는 뭔가 이야기 하고 싶었지만 짜증스러움에 쓰고 있던 모자의 캡을 깊게 눌러 쓰고 눈을 감았다.

그리고 인터넷 프로그램 녹화가 시작됐다.

미리 나눠준 대본을 보고 임한 스튜디오 촬영에서 의상을 챙겨 입은 야마토가 리쿠에게 물었다.

"이거 좀 그렇지 않아? 22살에게 고등학교 교복을 입히다니 벌칙 게임 느낌인데."

프로그램 내의 한 코너인 미니 드라마 '아이나나 학원'.

무슨 이유인지 몰라도 야마토에게 고등학교 교복을 입힌 것이다. 남색 재킷에 빨간 넥타이, 그리고 흰색 와이셔츠.

"사이즈는 잘 맞는 것 같은데요. 야마토 씨, 잘 어울려요. 어디 불편해요?"

리쿠가 야마토에게 대답하며 교복 입은 모습을 이리저리 둘러본다.

자신을 계속 바라보는 눈길에 야마토는 어떤 표정을 지어야 할지 몰라 천장을 바라봤다. 야마토에게서 보기 힘든 겸연쩍어하는 모습이다.

리쿠는 그저 해맑을 따름이다. 차근차근 설명해도 리쿠에게는 안 통할 테니 포기한 건지, 야마토는 안경을 올리며 중얼거렸다.

"미츠랑 소우, 나기까지 선생님인데 왜 내가 학생 역할인거야…"

"아, 저도 이상하게 느꼈어요. 왜 제가 가장 어린 역할일까요? 이오리나 타마키가 선배역이라니 이상해요."

야마토와 같이 교복을 입고 있는 리쿠도 이해할 수 없다는 표정이다.

"오오, 릿 군, 후배구나?"

역시나 같은 교복 차림의 타마키가 지금 알았다는 듯이 리쿠에게 묻는다.

"응, 맞아."

"그렇구나."

"요츠바 씨, 저는 요츠바 씨의 동급생이에요."

이오리가 타마키에게 말했다.

"아― 알았어."

이오리도 교복차림이다. 소매에 '학생회장'이라는 완장을 두른 채, 검은 테의 안경을 쓰고 있다. 쓰는 사람에 따라 촌스럽게 보일 수도 있는 안경이지만 이오리의 깔끔한 느낌에 너무나잘 어울린다.

"타마키 군… 대본 제대로 읽어 왔지?"

소고가 이야기를 듣다가 타마키에게 걱정스럽게 묻는다.

소고는 푸른 계열의 쓰리피스 슈트를 입고 있다. 작게 정돈된 넥타이 매듭, 얇은 테의 안경을 쓰고 있다. 성실해 보이는얼굴에 은테 안경이 소고를 평소보다 샤프하게 보이게 한다.

"응."

"읽기만 하는 게 아니라, 잘 외워왔어요?"

이오리도 타마키에게 확인하듯이 물어본다.

아무 말도 안 하는 타마키를 소고는 걱정스럽게 바라본다. 주위 사람들의 감정에 민감한 타마키는 소고가 불안해하는 것을 눈치 채자 가슴이 쿡쿡 찌르는 느낌이다.

"응—."

또, 불안감을 안겨줬다. 타마키는 소고에게 걱정만 끼치는 것 같다.

서로에게 할 말을 못하고 답답한 분위기를 뿜어내는 MEZZO"의 두 멤버에게 미츠키가 슬며시 다가왔다.

"소고는 정말 선생님 같네. 열혈까지는 아니지만, 수학 선생님 같아! 정숙하면서 상냥한 선생님 역할이었다면 따로 연습하지 않아도 됐을 텐데!"

놀리는 듯한 말투에 소고는 곤란한 표정을 짓는다.

"소우가 선생님인 것보다 밋키가 선생님인 게 더 좋아."

타마키가 작은 소리로 중얼거렸다.

"그래? 뭐, 나도 가정과 선생님이지만."

미츠키는 선생님 역할이 싫지 않은 내색이다. 넥타이를 맨 모습이지만 재킷은 입고 있지 않고, 세련된 니트를 걸치고 있다.

"……왜 내가 학생 역할인 거지? 교복을 입고 있어도 학생으로 보일지 어떨지 모르겠어서 걱정이야."

야마토는 계속 투덜거리고 있다. 정말 이해가 안 되는 모양이다.

"OH! 그런 거라면 나 역시도 선생님으로 보일지 걱정인데요. 자연스럽게 흘러나오는 이 기품, 이 세상 사람이라고 보이지 않는 이 아름다움. 어떻게 해야 평범한 선생님처럼 보일 수 있을지 걱정이에요. 이렇게 아름다운 선생님이 있는 학교는 리얼리티가 떨어진다고 시청자들의 항의를 받지 않을까요?"

나기가 볼에 검지를 갖다 대며 걱정스러운 얼굴로 한숨을 내쉬었다.

목 부분의 단추를 풀은 흰색 셔츠는 실크인지 다른 멤버들의 셔츠와는 확연히 광택이 다르다. 넥타이는 하지 않았고, 슈트도 기성복이 아닌 재단에 엄청 공을 들인 브랜드 제품인 듯 보였다.

"나기의 자신감엔 언제나 감탄하게 돼."

미츠키는 먼 산을 바라보듯 말한다.

나기는 무언가를 골똘히 생각 중이다.

"엄청 예쁘고 멋있는 선생님도 가끔 있으니까 괜찮아."

리쿠가 눈을 반짝거리며 말한다.

"나기는 말만 안 하면 괜찮아."

미츠키도 거든다.

"리얼리? 미츠키, 하지만 나에게도 대사가 있습니다."

"대사에 OH!나 HEY를 못 쓰게 하고, 애드리브 금지, 윙크도 금지시키면 괜찮지 않을까?"

뭔가 걱정하는 듯한 말투로 미츠키가 말한다.

"하지만 내 역할은 영어 특별 강사예요. OH도 대사에 들어가 있었어요."

"……OH……."

미츠키는 OH를 깊은 한숨과 함께 내뱉었다. 야마토가 옆에서 웃고 있다. 이오리는 팔짱을 낀 채 인상을 쓰고 있다. 타마키는 표정 하나 바뀌지 않았고, 소고는 곤혹스러운 얼굴이다. 리쿠는 웃음을 띠고 있다.

멀리서 보고 있던 여자 스태프가 달려 왔다.

"…저기, 실례합니다. 사진 촬영 괜찮으실까요? 홍보용으로 활기찬 분위기의 촬영 현장을 찍어서 블로그에 올리고 싶어서

요."

"네. 괜찮지? 매니저…?"

스태프들과 이야기 하고 있는 츠무기에게 미츠키가 눈빛으로
괜찮은지 물어본다.

츠무기의 동의를 얻은 후, 의상을 챙겨 입고 IDOLiSH7 멤
버들은 카메라를 향해 웃음을 지었다.

포즈를 취하며 카메라를 응시하자 여자 스태프들의 '꺄아—'
하는 환호 소리가 들렸다.

나기는 여자 스태프들을 향해 윙크를 날렸다.

촬영이 시작됐다. 전학생인 리쿠가 전학 첫 날부터 지각해서
빵을 입에 물고 학교를 향해 달려가는 장면이다.

리쿠가 달리고 있다.

빵 하나를 입에 물고— 달리고 있다.

빵이 한 입에 먹을 수 있는 크기가 아니어서 양손에 들고 어
쩔 줄 몰라 한다. 입에 안 들어가는 큰 먹이를 필사적으로 입
에 넣으려고 애쓰는 새끼 동물 같은 모습으로, 심각한 표정으
로, 의욕에 차서 달리고 있다.

그 모습을 보고 있는 모두가 어수선해 진다. 타마키는 웃음

의 급소가 제대로 건드려진 듯 폭소를 터트렸다.

"…왜 입에 저런 빵을 물고 뛰는 거죠? 그런 장면인 건가요?"

소고가 의아하다는 듯 물었다.

"미안, 나 때문이야. 대본에 빵을 물고 달린다고 쓰여 있어서 어차피 빵을 입에 물고 뛰는 장면이라면 맛있는 빵이 낫지 않을까 싶어서 막 구운 빵을 사다 뒀거든."

미츠키가 말했다.

막 구운 빵이어서 잘라오지 않았다는 것이다.

"나중에 내가 자르려고 했는데 잊어버려서… 이렇게 웃긴 장면이 돼 버릴 줄이야…."

리쿠의 목에 빵이 걸리지는 않을까….

연기에 대해 걱정하는 것과는 별개로, 멤버들은 불안한 모습으로 촬영 현장을 지켜보게 되었다.

빵을 입에 물고 뛰던 리쿠와 이오리가 교문에서 부딪쳤다.

흔히 볼 수 있는 등장 장면이다.

대본대로 모퉁이에서 기다리고 있던 이오리는 전력으로 달려온 리쿠의 입에 물려진 빵 때문에 동요하는 모습을 보였다. 연기가 아니라 당혹스러움에 이오리는 놀란 표정으로 움직임을

멈췄고, 리쿠가 이오리에게 부딪친다.

리쿠가 빵을 지킨 채 뒤로 넘어진 탓에 이오리는 뒤로 밀려 났지만, 버티면서 리쿠의 팔을 잡아챘다.

두 사람 사이에 빵이 끼인 채 안게 됐고, 당혹스러움과 걱정 스러움으로 이오리가 말했다.

"위험하잖아. 도대체 왜 앞도 안 보고 빵을 물고 뛰어 다니는 거야."

대본대로 대사를 했다.

"죄… 죄… 죄송합니다!"

이오리는 가깝게 있는 리쿠의 사과에 자신들의 거리가 대본 에 있는 것보다 훨씬 가깝고, 껴안는 장면이 아님에도 껴안고 있다는 것을 눈치 챘다.

당황한 듯 손을 놓는다. 이러한 움직임이 묘하게도 순수하게 보인다. 사춘기 특유의 깨끗한 청춘의 순정으로 보였고, 보고 있던 모두가 감탄했다.

"컷!! 아주 잘 나왔어. 둘 다 아주 좋아. 대본대로는 아니지 만 이게 훨씬 좋은 것 같아. 이걸로 가자."

감독이 기분 좋게 손뼉을 쳤다.

카메라가 멈추고 이오리는 리쿠에게 차갑게 물었다.

"뭐예요? 그 빵은… 그렇게 큰 빵을 물고 뛰면 위험하잖아요. 달리면서 먹고 있었죠? 목에 걸리면 어쩌려고요."

이오리가 리쿠의 손에서 빵을 집어 들었다.

"어쨌든 대본대로였고, 맛있었어."

"맛의 문제가 아니에요. 당신은 위험한지 아닌지 스스로 판단해서 물어 볼 정도의 생각도 못해요? 아무 일도 없어서 다행이지만…."

기가 막힌 듯이 한숨을 쉬는 두 사람에게 미츠키가 달려 왔다.

"……미안해. 그거 내가 사온 빵이야. 정말 미안. 빵을 자르는 걸 깜빡했어."

"형이요?"

"빵, 정말 맛있었어!"

이오리와 리쿠가 각자 미츠키에게 말한다.

미츠키는 이오리의 형이다.

누구에게나 냉정한 판단력으로 잘못된 부분은 단호히 지적하는 이오리를 '냉정하다'고 피하는 사람들도 있다. 하지만

IDOLiSH7 멤버들은 이오리가 악의 없이 냉정하게 충고 한다는 것을 알고 있기에 위축되지 않는다. 잘못을 깨닫고 사과하면 이오리는 더 이상 이야기하지 않는다.

"잘 나왔어. 이대로 가지. 이오리 군이 다 잘하는 줄은 알았지만 연기도 잘하네. 정말 좋은 작품이 나올 것 같아. 정말 기대돼, 고마워!"

감독이 세 사람의 등을 두드리고는 웃으며 지나간다.

"정말 좋은 장면이었어. 형님은 그런 느낌을 낼 수 없으니까. 뭔가 설레는 학생 느낌."

야마토의 말에 이오리는 "설렌다고?"라며 중얼거렸다.

"응, 정말 청춘이 느껴져서 좋았어."

"이오리, 쏘 큐트한 샤이 보이처럼 보였어요!!"

"재밌었어."

모두들 한 마디씩 감상을 이야기했다. 그럴 때마다 이오리의 표정이 굳어갔다.

눈앞의 상대를 보호하기 위해 포옹하고, 너무 가까운 거리에 놀라서 바로 손을 놓는 이 짧은 순간의 표정 변화와 세밀한 감정 표현으로 이오리만의 깔끔한 이미지가 자연스럽게 보였다.

하지만 이오리 본인만 느끼지 못했다.

"다들 뭐예요?"

평소에는 늘 무뚝뚝한 이오리지만 가끔 정말 가끔, 17살 같은 표정과 행동이 나올 때가 있다. 이오리는 자각하지 못하지만, 주위에서 보는 사람들은 그의 이런 행동에 설렌다.

리쿠와 미츠키가 이오리에게 사과하자, 이오리는

"다음부터는 매니저에게 소품 체크도 미리 부탁할게요. 아니, 제가 할게요."

라고 리쿠에게 말했다.

●아이나나 학원 제1화 대본

장소·············가정과 조리실

미츠키 선생님·········(잘생긴 선생님으로 리쿠가 동경하는

사람)·이즈미 미츠키

리쿠············(주인공 전학생)·나나세 리쿠

리쿠   "미츠키 선생님. 제가 뭐라도 도울게요!"

미츠키 "괜찮으니까 앉아 있어."

리쿠　　　"하지만 수업이니까 제가 만들지 않으면

　　　　　의미가 없잖아요."

리쿠의 손이 미츠키의 손에 스친다.

리쿠는 부끄러웠지만 이를 감추며 당황한 듯한 동작으로

미츠키로부터 거품기와 그릇을 건네받는다.

리쿠　　　"케이크 만드는 거 꽤 힘드네요.

　　　　　이렇게 힘든 건 줄 몰랐어요."

소리를 내가며 열심히 거품을 낸다.

미츠키　　"후후, 리쿠는 케이크 만드는 데 소질이

　　　　　있는 것 같은데."

미소를 지으며 리쿠가 열심히 하는 모습을 지켜본다.

가정과 조리실 — 심플한 앞치마를 두른 미츠키가 주방에서
거품기를 사용하고 있다. 탁탁탁 소리를 내가며 계란 흰자의
거품을 내고 있는 미츠키의 앞에 리쿠가 불안한 모습으로 서
있다.

"미츠키 선생님. 제가 뭐라도 도울게요!"

아이나나 학원

제 1 화 : 배역

타마키 Tamaki

농구부 주장. 어떤 사건(이오리의 신체 고민?)을 계기로 소꿉친구인 이오리와 절교.

이오리 Iori

학생회장. 타마키와 동급생. 리쿠는 후배 전학생.

야마토 Yamato

교복을 입고 있지만, 사실은 보건 의사. 위장한 모습으로 리쿠에게 접근.

미츠키 Mitsuki

가정과 선생님. 리쿠가 동경하는 사람. 불량배들에게 납치당하는 여주인공 포지션.

나기 Nagi

수수께끼 같은 인물. 영어 특별 강사.

소고 Sogo

쿨한 열혈 수학 선생님.

리쿠(주인공) Riku

가장 어린 전학생. 폐부 위기에 처한 농구부를 응원하기 위해 응원단에 들어간다.

●아이나나 학원 제1화 대본

장소·············가정과 조리실

미츠키 선생님·······(잘생긴 선생님으로 리쿠가 동경

사람)・이즈미 미츠키

(주인공 전학생)・나나세 리쿠

리쿠·············(주인공 전학생)・나나세 리쿠

"미츠키 선생님. 제가 뭐라고 불러

리쿠 "괜찮으니까 앉아 있어."

미츠키 "하지만 수업이니까 제가 만들

의미가 없잖아요."

리쿠 내 손에 스친다.

결심한 듯 리쿠가 의자에서 일어섰다.

"괜찮으니까 앉아 있어."

"하지만 수업이니까 제가 만들지 않으면 의미가 없……"

미츠키가 들고 있던 거품기의 볼에 손을 뻗은 리쿠는 의욕이 넘친 나머지 테이블 위에 놓여 있던 계량컵을 소매로 쳐서 쓰러뜨렸다. 시끄러운 소리를 내며 계량컵이 넘어지고, 안에 들어 있던 생크림이 흘러 넘쳤다.

"아… 죄, 죄송해요."

"괜찮으니까 리쿠는 앉아 있어!!"

당황해 하는 리쿠에게 비명에 가까운 소리로 미츠키가 말했다.

미츠키의 말을 듣지 않고 움직인 리쿠가 이번에는 바닥에 유리컵을 떨어뜨렸다.

"위험하잖아."

유리 깨지는 소리가 나고, 리쿠는 슬픈 듯한 표정이 된다. 미안한 듯 미츠키를 바라본다. 미츠키는 거품기 볼을 두고 유리를 치운다.

"다치진 않았지?"

미츠키는 리쿠의 손을 잡고 이곳저곳을 살펴보다가 걱정스러운 얼굴로 살짝 흘겨본다.

IDOLiSH7에서 가장 '형' 같은 존재인 미츠키지만, 키가 제일 작고, 체구도 작아 귀여운 인상이다. 순간순간 표정이 바뀌고, 민첩하게 움직이는 미츠키를 보고 있노라면 누구라도 저절로 웃음이 나온다. 분위기를 읽는 능력에, 토크와 애드리브에도 능숙하다.

그런 미츠키를 당황시킬 정도로 리쿠는 본방 중에 계속 컵을 깨트리고 있다.

카메라는 계속 찍고 있다. 애드리브와 계속 되는 돌발 상황이 분위기를 더 좋게 만든 듯, 이대로 갈 것 같다.

리쿠는 되도록 대본대로 대사를 하고 있지만 본래의 의미와는 다른 허둥대는 모습을 보이고 있다.

"케이크 만드는 거 꽤 힘드네요. 이렇게 힘든 건 줄 몰랐어요."

미츠키는 대본대로 대사를 할 수 없었다. 확실히 리쿠에게 케이크 만드는 소질은 없는 듯하다.

"그러게. 그래도 먹는 사람의 웃는 얼굴을 보면 힘들었던 건

다 잊게 되거든."

"……네!"

"그러니까 케이크 만들면 맛있게 먹어줘. 이번 수업은 그런 의미."

리쿠의 활기찬 대답에 미츠키는 거품을 내기 시작했다.

리쿠 때문에 벌어진 일련의 해프닝을 포함하여, 애드리브와 좋은 현장 분위기를 살리기 위해 카메라는 계속 돌고 있었다.

오히려 감독의 컷 사인이 여러 번 있었던 것은 이오리와 타마키의 언쟁 장면에서 타마키가 이오리에게 물을 끼얹는 장면이었다. 타마키가 웃음을 참지 못해 이오리는 물을 여러 번 맞게 되어 관자놀이에 핏대가 서 있다.

마지막은 야마토와 리쿠가 천천히 선로를 걸어가는 진지한 장면 촬영이었다.

교복을 입은 모습에 부끄러워하던 야마토였지만, 촬영을 시작하자 그런 내색은 전혀 보이지 않았다. 그곳에 있는 건 어둠이 드리워진, 조금 어른스러운 사춘기 고등학생의 모습이었다. 표정이나 몸짓은 어딘지 모르게 풋풋하지만 두 눈엔 고독함,

애틋함이 드리워져 있다. 이 불균형이 오히려 매력적으로 보인다.

"우리 어딘가로 도망쳐버릴까? 이대로 이 길을 따라서."

"어디라니, 어디로?"

"어딘가는, 그냥 어딘가야. 그게 어디인지는 몰라. 나랑 같이 도망가는 게 싫은 거야?"

야마토의 아름다움에 이끌려서일까, 리쿠도 불안과 고민에 휩싸인 표정이 된다. 대답할 수 없는 질문에 입술을 깨물고, 침묵만이 흐른다.

"……그렇지. 너에겐 버릴 수 없는 것이 있었지."

야마토는 상처 받은 눈을 하고 시선을 피한다.

둘은 아무 말 없이 계속 걸어갔다. 자갈길을 걷는 두 사람의 발소리만이 들릴 뿐. 점점 작아지는 두 사람의 뒷모습과 그 앞으로 쭉 뻗은 선로가 어두운 밤 속으로 희미하게 사라져간다……

며칠 후, 편집된 인터넷 드라마의 마지막 장면에는 다음 편의 예고 자막이 흘러나왔다.

'다음 편, 니카이도 야마토의 정체가 밝혀진다!'

그걸 본 야마토가 "내 정체는 대체 뭐야?"라며 혼잣말을 중얼거린다.

'아이나나 학원'의 제1화 방영은 실시간으로 반향을 불러 일으켰다.

—큰일 났다, 지각이야, 지각—이라며 토스트를 입에 문 채로 달려가다가 길에서 부딪치고, 아, 이거. 이거 늘 있는…… 그게 아니라! 봐, 이 빵의 존재감.

—웃으면서 봤는데 마지막이 너무 멋있었어.

—어떡해. 니카이도 야마토의 정체가 너무 궁금해. 다음 편도 꼭 봐야지.

아이돌을 좋아하는 여자들뿐만 아니라, '새로운 것, 재미있는 것'을 좋아하는 시청자들에게도 관심을 불러일으킨 것이다. 캡처 장면과 함께 한 줄 평으로 입소문을 타고 퍼져나가, 다시보기 재생수가 점점 늘어나면서 대기업 인터넷 뉴스에서도 언

급되었다.

'아이나나 학원'의 제2화 촬영 날이다.

코미디라는 것과 스태프들의 분위기가 좋았다는 건 첫 회 녹화로 모두들 알고 있다. 해프닝도 드라마에 잘 녹아 들었고, 애드리브도 재밌으면 그대로 사용했다. 즐겁지만 정신없고, 자극적인 촬영 현장이 되어 있었다.

대기실.

"이번에는 토크 부분 먼저 촬영이지?"

프로그램 전체 대본을 들고 미츠키가 말했다. 의자에 앉아 펜으로 대본 체크를 하고 있다.

"응, 드라마 의상을 입고 토크 해달라고 하던데."

야마토가 대답했다.

"근데 결국 흰색 의상을 입는 거라면 내가 교복을 입은 게 무슨 의미가 있지?"

야마토는 2화부터 '학생이지만 사실 학교의 보건 의사였다.'라는 설정이 들어가 있다. 그렇기 때문에 오늘은 교복이 아닌 와이셔츠에 넥타이, 그리고 위에 흰옷을 걸치고 있는 것이다.

"당신은 그래도 낫지, 당신은! 의상이 가지고 있는 의미라든가, 입기 힘들다든가 하는 얘기라면 내 의상은 어떻게 해야 하는 건데."

미츠키가 야마토에게 말했다.

미츠키는 첫 회와 마찬가지로 가정과 교사 역할이다. 교복이 아니다.

하지만 2화를 촬영하는 오늘도 케이크를 굽는 장면에 맞추어 1화 때와는 다른 프릴이 달린 앞치마를 두르고 있다. 존재감을 드러내는 프릴이 달린 앞치마다.

"미츠키, 잘 어울려. 좋아."

"영혼 없이 말하지 마!"

"OH! 미츠키, 정말 큐트해요!!"

나기가 즐거운 듯 말한다.

"나기, 그렇게 신나서 말하지 마! 그만, 안기지 마."

"안녕하세요. 미안해요. 지하철 연착으로 좀 늦었…어……"

그때 급하게 뛰어 들어온 이오리는 미츠키의 모습에 순간 굳어버렸다.

눈을 깜빡거리며 그 자리에 서서 미츠키를 보는 이오리에게 나기를 방패 삼아 서 있던 미츠키가 우울한 목소리로 물었다.

"역시… 영 아니지?"

"아뇨, 너무 귀여워요. 형."

바로 대답하는 이오리.

"뭐야, 안 어울린다는 건 알고 있으니까 그런 마음에도 없는 말은 안 해도 돼. 하긴, 이 모습이 잘 어울린다 해도 마음이 복잡한 건 마찬가지네."

"아니, 정말 잘 어울려요."

이오리는 힘주어 말했다.

"오히려 더 싫거든?!"

"YES!! 미츠키, 아주 큐트해요!!"

나기가 쐐기를 박듯 이야기했다. 리쿠도 끄덕이며 말했다.

"응. 미츠키, 정말 귀여워."

"응―."

이오리의 뒤에서 천천히 들어오던 타마키까지 거든다.

미츠키는 굳은 얼굴로 웃으며,

"……엄청 부끄러워."

"정말 잘 어울리는데."

리쿠는 진심으로 의아했다.

"…이제 더 이상 그만 얘기해, 좀 봐줘."

야마토가 참고 있던 웃음을 터뜨렸다.

미츠키는 지금까지 아무 말 없는 소고를 IDOLiSH7의 양심이라고 생각했다. 아무 말도 하지 않고 있어 주는 것이 그저 믿음직스럽고 고마울 따름이었다.

IDOLiSH7 멤버가 모두 모였다. 노크 소리가 나고, 스태프가 들어왔다.

리쿠가 스태프에게 다가가 머리를 숙이며 "좋은 아침입니다." 라고 활기차게 인사하며 말했다.

"1화 너무 좋던데요. 그건 CG인가요? 빛이 반짝반짝하면서 꿈결 같은 느낌이 나는 게 멋있었어요. 정말 감사합니다!!"

손발로 설명해 가며 진심을 전하려는 리쿠에게 스태프는 "반짝반짝이요?"라며 의아한 얼굴을 한다.

"편집 기술에 압도됐어요. 효과나 디지털CG를 너무 화려하게 잘 해주셔서 자꾸 눈이 갔어요. 광원이나 라이트의 색 배합으로 균형을 잡아 주면서, 마음을 파고드는 듯한 예쁜 화면이 되도록 만들 수도 있는 거군요."

리쿠의 부족한 표현에 이오리가 거들어 보충 설명을 했다.

"그래… 맞아, 그거야! 이오리, 통역 고마워."

리쿠가 고마워하자, 이오리는 "통역이라니, 무슨"이라며 어이없다는 얼굴을 했다.

"저희 모두 드라마가 너무 멋있게 나와서 흥분된 상태예요. 그래서 오늘도 열심히 하자는 마음으로 왔어요."

스태프는 "그렇게 말씀해 주니 너무 기쁜데요."라며 웃었다.

사실, 멤버 모두 드라마 공개 전에 함께 시사회를 했었다.

그때, 길고 짧은 템포 조절과 양질의 웃음 포인트, 배경과 빛의 조화 등 너무 아름다운 화면에 모두 놀랐다.

스튜디오에서 단순하게 촬영했다고 생각했는데 영상으로 보니 그게 아니었다.

모두 의자에 앉아 각자의 역할에 대해 서로 이야기를 한 따로 촬영된 토크 부분과의 영상 차이에 리쿠는 솔직히 감동했다. 같은 장소에서 촬영한 것이라고는 생각되지 않을 정도였다.

"이게 다 IDOLiSH7 여러분 덕분이에요. 중요한 부분에서 여러분들이 분위기를 살려 잘해주신 덕분에 편집도 수월하게

할 수 있었고, 재미있는 작품이 나온 거죠. 이대로 계속 잘 부탁드립니다."

"잘 부탁드립니다!"

모두 고개 숙여 인사했다. 스태프는 촬영 준비를 위해 방을 나갔다.

타마키는 가방에서 대본을 꺼내 휘리릭 페이지를 넘긴다. 소고는 그런 타마키를 보고 안심한다.

"밋키, 오늘도 케이크 구워? 지난번 케이크 맛있었어."

타마키가 미츠키에게 물었다.

"응, 맡겨줘. 맛있게 구워줄게."

미츠키가 자신만만하게 말했다.

"뭐, 케이크는 자신 있고, 대본에 '흐름에 맞게 적당히 해주세요.'라고 되어있는 백지상태도 좋아."

미츠키는 '아이나나 학원'의 대본을 손에 들고 모두를 바라본다. 미리 나눠 준 제2화의 이야기 전개에 의문점이 가득하다. 이해되지 않는 부분에 빨간 펜으로 줄을 그었더니 대본 여기저기가 온통 빨갛다.

"매니저한테도 물어봤는데… 나는 그러니까 사실 원래 여자

였던 설정의 가정과 선생님으로, 리쿠가 동경하는 사람인 거지?"

"네."

소고에게 물어보니 진지한 얼굴로 대답했다.

"그래서 1화에선 가정과 실습을 끝내고 돌아가는 길에 부자연스럽게 불량배에게 납치당하고, 그걸 리쿠가 구해주러 왔잖아. 거기까진 좋아. 리쿠가 주인공인 드라마니까 돋보이게 해주는 장면이 있어야 하는 건 당연하지만, 싸우는 이유가 뭔지 알고 싶은 거지. 나는 여주인공 역이라는 거잖아. 그런데 이번 편에서 나와 리쿠의 관계를 오해한 소고가 야마토 씨의 어둠의 힘에 조종당해 나를 덮치는 장면이 있는데, 어떻게 연기하면 좋을지 전————혀 모르겠어. 소고, 어떻게 해야 할까?"

"그러게요. 제가 리쿠를 괴롭히기 위해 야마토 씨의 어둠의 힘에 조종당해 검도부 고문이 되잖아요. 옛날에 검도를 해서 검도 장면은 할 수 있을 것 같아요. 내키지는 않지만, 평소의 제가 연기 할 일 없는 냉혹한 역을 하는 게 스태프들이 보고 싶다고 해서 넣은 장면이니까 열심히 냉혹해지겠습니다."

"소고, 방에서 죽도 휘두르면서 대사 연습하고 있었잖아. 실

수로 문 열었다가 정말 겁먹었었어. '당신은 정말 나를 화나게 만드는군요.'라는 대사를 하고 씩 웃으면서 이쪽을 바라봤을 때 말이야…."

"죄송해요… 너무 집중하다 보니 노크 소리도 못 듣고 놀라게 해 버렸네요."

"아니, 괜찮아. 그래서 소고는 나랑 이오리를 덮치는 피에 굶주린 뱀파이어가 되는 거지."

"맞아요. 뱀파이어가 되었을 때는 츤데레여서 미츠키, 이오리뿐만 아니라 타마키의 피도 원하는 장면이 대본에 있더라고요. 츤데레는 자신 없지만 열심히 해 보겠습니다."

학원물을 만들 예정이었다.

하지만 1화 촬영 후, 스태프들은 IDOLiSH7이라면 가능하다는 판단을 한 건지, 여러 가지 요인 등을 집어넣은 것이다. 학원물임에도, 어둠의 지배자인 야마토가 그 힘을 사용해 소고를 움직여 혼란스럽게 만든 후 전투한다는 이야기가 되었다. 멤버들 모두 디지털 후작업의 영상 편집이 워낙 훌륭했기 때문에 이해하고 불만을 이야기하지 않았지만, 뒤집어 생각해 보면 제대로 연기하지 않으면 안 된다는 압박이기도 했다.

"어쨌든 대본을 종합해 보면, 야마토 씨가 어둠의 지배자인 거지? 그쪽은 어때? 지배자로서?"

모두의 시선이 야마토에게 쏠린다.

야마토는 두 손을 가볍게 들어 올렸다.

"형님은 아무것도 지배하지 않고 있어서 그렇게 물어봐도 모르겠네."

"오히려 지배해 주면 고마울 것 같아요. 대본이 워낙 오리무 중이라서요. 저는 동아리에 소속된다고 했는데 어떤 동아리 활동을 하고 있는지도 미정이고, 신체의 비밀도 숨기고 있는 캐릭터래요. 좀 더 알기 쉬운 줄거리였으면 좋겠는데…"

이오리는 의상을 갈아 입으며 말했다.

"야마토, 지배하는 거 잘 어울려요! 어둠으로서의 의욕을 들려주세요!"

나기가 말한다.

"의욕 같은 거 없어. 모두 각자 알아서 해."

야마토는 귀찮은 듯 한 손을 흔들며 말했다.

"그것도 그렇네. 야마토 씨, 평소라면 지배 같은 거랑은 거리가 있으니까. 진심으로 '마음대로 해'라고 누워서 말하는 것도

그래. 평소와 다른 모습을 볼 수 있는 드라마라니, 정말 재미있어."

미츠키는 대본을 들추고, 빨간 펜으로 툭툭 두드리며 웃었다.

"맞아요. 연기하고 있다는 느낌이 들긴 하죠. 니카이도 씨는 어떤 역할도 아무 문제 없이 소화해 내니 영상으로 보는 사람들은 모를 것 같기도 하지만, 평소 모습을 알고 있는 우리가 보기엔 놀랄 수밖에 없는 역할이긴 해요." 이오리가 동의했다.

"무슨 뜻이야?"

야마토가 쓴웃음을 지으며 말했다.

"평소와 다르다고 하면 타마키도 그렇지. 냉혹하면서 쿨한 선배라니, 타마키에겐 무리일 거라고 생각했는데 엄청 꽃미남 느낌을 냈잖아. 평소 모습을 아니까 웃기는 거지."

미츠키가 이오리의 말에 이어 말했다.

타마키는 분장실에 있던 과자 봉투를 뜯어 과자를 먹기 시작했다. 과자를 입안 가득 넣은 채 말하기 시작하자 과자 부스러기가 툭 떨어졌다.

"냉혹하다는 게 뭐지?"

　봉 모양의 과자를 입에 문 채 타마키가 물었다.

　"평소의 타마키와는 다른 그 무엇. 너, 과자 부스러기 좀 흘리지 마."

　"응─."

　판다처럼 한결같은 표정으로 무심하게 과자를 계속 먹는다. 우적우적하는 소리를 만들어서 붙여주고 싶은 정도이다.

　어리지만 IDOLiSH7의 섹시 담당인 타마키의 행동은 장난꾸러기 그 자체이다. 어쨌든 아이처럼 '그건 싫어.', '그건 좋아.' 딱 이 두 개의 스위치 중 하나만 작동시켜 고집을 피우니, 함께 다닐 일이 많은 소고가 애 먹는 경우가 많다.

　하지만 그런 새끼 야생 동물 같은, 뭐라 말할 수 없는 사랑스러움이 매력 포인트 중 하나이기도 했다. 어른스러운 외모에 숨겨진 천진난만함, 이 둘의 절묘한 조화가 여성 팬들의 시선을 사로잡는다.

　"타마키 군, 대본 외워 왔어?"

　소고가 신경 쓰이는 듯 물어본다.

　"외웠어, 체면."

　"체면?"

"대본에 있었어. 어려운 말이지만 외웠어."

"잘했네, 타마."

야마토가 칭찬했다. 타마키는 칭찬받아서 기쁜 듯 웃었다.

"소우도 평소랑 달라."

"뭐?"

"큰소리 내거나, 죽도 휘두르는 거 말이야. 야마 씨랑 내가 평소와 다르다는 얘기지?"

타마키가 과자 가루가 묻은 손가락을 할짝 핥으며 말했다.

"나기도 달라. 평소보다 말을 안 하잖아. 원래는 훨씬 많이 하는데."

"역시 제가 좀 더 말을 많이 해주길 원하는 거죠? 저도 그렇게 생각하고 있었어요! 저한테 딱 맞는 역은 훨씬 익사이팅하고 어메이징해야 된다고 생각해요!!"

"밋키도 달라. 평소에는 케이크 같은 거 안 굽잖아. 매일 그런 맛있는 케이크 해준다면 매일 드라마 촬영해도 좋은데."

"스펀지케이크 굽고 있을 시간이 없으니까. 그래도 내가 핫케이크 같은 건 구워 줬잖아."

"이오링도 달라. 평소보다 잔소리가 없어. 드라마에서는 화도

별로 안 내고. 촬영만 끝나면 화내지만."

"그건 당신이 저한테 물을 너무 많이 끼얹으니까 그랬던 거죠. 당신은 웃음 장벽이 너무 낮아요. 몇 번씩 재촬영을 했으니까 좀 더 프로 의식을 가지고 해 달라고 부탁한 것뿐이에요."

"이오링도 항상 드라마 같으면 좋을 텐데."

"싫어요. 'YOICHI'라는 암호명이 있고, 배 위의 부채 표적을 활로 쏘는 장면이 있는 인물과 평소의 제가 일치하면 안 되죠. 그런데 대본을 보면 궁도부인가 했는데 그런 것도 아닌 거 같고, 어차피 코미디니까 상관없지만 너무 소재가 많은 거 아닌가 싶어요."

교복을 입은 이오리는 이오리의 명찰이 붙은 궁도복을 가지런히 정리하고 있다. 본인 의상뿐만 아니라 멤버들의 의상과 소품까지 체크한다.

"릿 군은 별로 바뀌지 않아."

타마키는 늘 상대방의 기분은 생각하지 않고 말하는 경향이 있다.

"어?"

리쿠가 놀란 토끼 눈으로 자기 얼굴을 가리킨다.

"……아, 리쿠는 어느 역을 해도 리쿠야. 연기를 한다는 느낌이 안 나. 배역의 인형 탈을 씌워놔도 리쿠는 리쿠로 보이니까."

미츠키가 웃음을 터뜨리며 말했다.

"그러네요."

이오리는 옷걸이에 걸려 있는 의상을 든 채, 바로 동의 했다. 이 형제는 거의 모든 상황에서 의견이 일치한다. 기본적으로 사이가 좋다.

"왜 그렇게 보이는 거지? 연기를 못해서 그러나?"

풀이 죽어있는 리쿠를 소고가 달래준다.

"전혀 그렇지 않아. 리쿠 군은 잘하고 있어."

"대사는 전부 외워 왔어요. 지난번에도, 이번에도. 좀 더 감정을 섞어서 하면 되려나. 어떻게 하면 될까요. 야마토 씨는 항상 어떻게 해요?"

연기라고 하면 야마토다. 모두의 시선이 야마토에게 향한다.

"내가 어떻게 하는지 말해도 리쿠에겐 도움이 되지 않을 거야."

"그럼… 미츠키 선생님. 미츠키 선생님은 어떠세요?"

지난 녹화 이후, 리쿠는 평소에도 드라마에서처럼 미츠키를 '미츠키 선생님'이라고 부를 때가 있다. 지금도 그렇다. 리쿠는 자신이 그렇게 부른다는 것을 모르고 있다. 이오리한테도, 타마키한테도 '이오리 선배님', '타마키 선배님'이라고 부를 때가 많다.

그만큼 대본에 열중해 있다.

"리쿠는 온, 오프 스위치의 전환을 잘 못하긴 하지. 그래도 그게 장점이야."

미츠키가 말했다.

"릿 군이 조심하고 있는 거 나는 알아. 가정과 실습실에서 유리잔 세트를 안 깨트리려고 하잖아."

타마키가 힘주어 말했다. 미츠키와 소고는 "아!"하며 서로를 바라본다.

"리쿠 군은 계속 스위치가 켜진 채로 있잖아. 오프 스위치를 찾아봐."

진지하게 소고가 말하자 의상 소품으로 쓰고 있던 안경을 추켜올리고, 턱을 들어 올리면서 이오리가 말했다.

"오히려 나나세 씨는 이성, 지성 모두 늘 스위치를 오프로 하

고 있는 거 아니었어요? 가끔은 지성 쪽의 스위치를 켜 주세요. 제발 무리는 하지 않았으면 좋겠어요. 체력 안배를 좀 하라고요."

사실, 리쿠는 호흡기 계통의 병을 가지고 있다. 그래서 무리를 하거나, 스트레스가 심하면 발작을 일으키기도 한다. 차갑게 말하는 이오리지만, 리쿠의 건강을 생각해서 하는 말이다.

축 처진 리쿠의 등을 나기가 툭 친다.

"스위치 온입니다! 괜찮아요. 리쿠는 늘 열심히 하는 착한 아이예요."

나기는 천사 같은 얼굴로 리쿠의 앞으로 미끄러지듯 파고들어 안색을 살핀다.

"오늘은 리쿠와 나, 둘이서 연기하는 아주 중요한 장면이 있어요. 함께 힘내요."

"응."

잘생긴 나기의 속삭이는 듯한 말에 리쿠가 대답한다.

"나의 매력, 좀 더 널리 알리고 싶어요! 꿈과 희망과 사랑이에요!! 리쿠, 도와줘요."

"그래. 모두의 꿈과 희망과 사랑을 담은 대본이니까 이렇게 복잡한 거겠지?"

리쿠가 이해했다는 듯이 말했다. 리쿠는 늘 솔직하고 순진하다.

"맞아요. 꿈. 드림이에요!! 우리 모두 드림, 호프, 그리고 러브를 전하는 거예요. 아이돌이니까요."

나기가 싱긋 웃는다.

●아이나나 학원 제2화 대본

장소⋯⋯⋯⋯학교 옥상

나기⋯⋯⋯⋯(영어과 특별 강사지만 사실은 비밀
　　　　　　요원으로 학원의 평화를 위해 움직이는
　　　　　　인물)•로쿠야 나기

리쿠⋯⋯⋯⋯(타마키가 소속되어 있는 폐부 직전의
　　　　　　농구부를 응원하는 타마키와
　　　　　　이오리의 귀여운 후배로 정의감이 강한
　　　　　　소년)•나나세 리쿠

　　　나기　　"당신에게 이걸 맡길게요."

리쿠	"당신이라니, 나?"
나기	"여기 당신말고 누가 있나요?
	당신이야말로 이 전설의 응원복이
	어울리는 남자니까요."
리쿠	"전설의 응원복?"
나기	"진정한 용사만이 손에 넣을 수 있는
	기적의 응원복입니다.
	당신에게 이 응원복을 드리고 싶어요."
리쿠	"제가 받아도 되는 건가요?"
나기	"물론입니다. 당신이니까 드리는 거예요."

나기는 리쿠에게 응원복을 건네준다. 응원복을 받은 리쿠는 벼락이라도 맞은 것처럼 놀란다.

스튜디오에는 학교 옥상이 세팅되어 있다.

나기는 일본도를 허리에 차고 있다. 촬영은 계속된다. 움직임 하나하나가 멋있다. 나기는 입만 열지 않으면 신이 아주 정교하게 빚어놓은 듯한 용모의 귀공자이다.

아이나나 학원

제 2 화 : 배역

타마키 Tamaki

농구부의 주장. 미츠키는 사람들과 잘 어울리지 않는 타마키의 유일한 친구.

이오리 Iori

학생회장. 타마키와 동급생. 리쿠는 후배이자 전학생. 암호명은 'YOICHI'.

야마토 Yamato

교복을 입고 있지만 사실은 보건 의사. (※학원의 지배자.) 거짓 모습으로 리쿠에게 다가가 동급생인양 믿게 만든다. 보건실에 있는 어둠의 힘으로 수학 교사인 소고를 조종한다.

미츠키 Mitsuki

가정과 선생님. 리쿠가 동경하는 사람. 불량배에게 납치당하는 여주인공 포지션. 원래는 여배우가 맡을 예정이었다. (리쿠의 동경 대상이며, 소고의 약혼자). 리쿠가 로봇이라는 비밀을 유일하게 알고 있는 사람.

나기 Nagi

수수께끼 같은 영어 특별 강사. 그 정체는 어둠의 힘에 지배당하는 학원을 구하기 위해 학생들에게 애니메이션의 힘으로 희망과 꿈을 전하는 요원.

소고 Sogo

쿨한 열혈 수학 선생님. 야마토의 어둠의 힘에 조종당한 검도부의 고문이자, 피에 굶주린 흡혈귀.

리쿠 (주인공) Riku

가장 어린 전학생. 사실은 로봇. 폐부 직전의 농구부를 응원하기 위해 응원단에 들어간다.

●아이나나 학원 제2화 대본

장소:············학교 옥상

나기·············(영어과 특별 강사지만 사실은 학원의 평화를 위해 파견된 요원으로 학원의 평화를 위해 온 인물)·로쿠야 나기

리쿠·············(타마키가 응원하는 타마키와 농구부를 응원하는 후배로 이오리의 귀여운 후배이자 내 리쿠

"당신에게 이걸 맡길게요."

나기가 심각한 표정으로 말했다.

그 앞엔 리쿠가 서 있었다.

나기는 카메라맨 뒤에서 설레며 보고 있는 여자 스태프를 향해 작게 손 키스를 날렸다. 촬영 중임에도 나기는 자유분방했다.

리쿠는 나기가 손 키스를 날린 쪽을 너무 당황한 나머지 자신도 모르게 바라봤다. 그리고는 '아, 촬영 중인데, 큰일 났다.' 하는 표정을 짓고는,

"당신이라니, 나?"

부자연스러움이 묻어난 움직임으로 나기를 향해 리쿠가 말했다. 감독은 '컷'을 외치지 않았다. 촬영은 그대로 진행됐다.

"여기 당신 말고 누가 있나요? 당신이야말로 이 전설의 응원복에 어울리는 남자니까요."

"전설의 응원복?"

"진정한 용사만이 손에 넣을 수 있는 기적의 응원복입니다. 당신에게 이 응원복을 드리고 싶어요."

안쪽은 진홍빛을 띤 흰색 응원복이다. 가장자리는 붉은 빛의

자수. 금빛 단추가 눈부시다.

의상의 먼지는 이오리가 미리 털어 두었다. 먼지가 리쿠에게 좋지 않기 때문이다. 하지만 조심해서 나쁠 건 없으니 나기는 응원복을 펼쳐 리쿠와 멀리 떨어뜨려 두세 번 털어냈다. 응원복이 공기 중에 펄럭인다.

"우와… 제가 받아도 되는 건가요?"

어찌할 줄을 모르는 리쿠는 의외로 애드리브에 약하다.

그렇다기보다는 리쿠 이외의 멤버가 애드리브에 강한 것인지도 모른다.

제대로 해야 한다는 생각이 다른 누구보다도 절실한 리쿠이므로, 다른 멤버들의 자유분방함에 비교되게 어쨌든 열심히 하고 있다.

하지만 이런 부분이 바로 리쿠의 귀여운 점이다.

리쿠가 가지고 있는 순수함이 그대로 전해진다.

아이돌로서 대중의 눈길을 끄는 요인이 잘생긴 외모만은 아니다. 노래나 댄스뿐만 아니라, 그 외에 플러스알파인 요소가 필요하다. 이목을 주목시키는 흡입력은 천재적인 능력과는 별개인 플러스알파 부분에 있는 것일지도 모른다.

있는 걸 그대로 보여주는 리쿠의 순수함에 모든 이들이 '응원하고 싶다'라는 생각을 가지게 하는지도 모른다. 말이 필요 없는 전력투구로 매회, 자신이 할 수 있는 모든 것에 최선을 다하고 있다.

나기는 응원복을 들고 리쿠에게 다가갔다.

"물론입니다. 당신이니까 드리는 거예요."

등 뒤에서 리쿠의 어깨에 응원복을 걸쳐준다.

상냥한 말투였다.

나기는 어느 각도로 봐도 왕자님이다. 빛을 머금은 듯한 금발 머리가 나부끼고, 하얗고 고운 볼에는 기품 있는 미소를 띠고 있다. 움직임 또한 세련되었다. 그 때문인지, 나기의 손에 들려 있는 것이 응원복이 아닌 왕족의 망토처럼 보였다.

리쿠가 움찔했다.

어깨에 걸쳐진 응원복의 앞을 여미며, 뒤돌아서 나기를 올려다본다.

카메라를 통해 보는 두 사람의 모습은 전설의 흰색 응원복을 건네 주는 것이 아닌, 사랑과 신뢰에 기반한 왕족들의 신성한 의식인 것처럼 보였다.

이 장면은 후에 '최고의 명장면'으로 꼽히게 된다.

그리고 전설이 된 옥상 장면 바로 뒤에 나오는 건—

"다음 편 예고! 학생회 리턴즈! 회장의 마음을 사로잡은 건 누구?!"

영상을 본 이오리가 눈살을 찌푸린다.

"이 드라마에서 학생회에 소속되어 있는 건 저잖아요. 제 마음을 누가 어떻게 한다는 거죠?"

이오리의 물음에 대답하는 이는 없었다.

—진지함과 코미디의 오차가 너무 커서 배꼽 빠질 뻔. 양쪽 다 잘 소화하다니, 이 사람들 너무 대단한 거 아니야? IDOLiSH7 굉장하지 않아?

—화살 쏜 사람, 너무 멋있어서 검색해 봄. 이제부터 이즈미 이오리 팬 할래.

—중간까지 좀 이상했었는데… 마지막에 나기님…… 왕자님이었어…. 너무 아름다웠어.

—나나세 리쿠의 셔츠 앞이 너무 풀어져 있는 거 아닌가요? 자숙해 주세요. 최고입니다.

첫 회를 못 봤던 사람들이 다시 보기를 하는 바람에 재생수가 계속 늘어 갔다. 점점 화제가 되어 '아이나나 학원' 해시태그는 점점 확산되어 갔다.

나기는 늘 존중하는 마음으로 여자를 대한다. 게다가 자신의 빛나는 용모를 누구보다 잘 알고 있다.

"사랑스러운 여성 여러분의 피곤함을 아름답고 멋진 저의 파워로 풀어드리는 게 저의 임무입니다."

그러므로 녹화가 끝나면 나기는 여자 스태프들과 차를 마시는 개별 행동을 한다. 1화 녹화 후에도, 2화 녹화 후에도 나기는 스태프들과 사라졌다.

2화 촬영을 마친 날 밤.

내일은 모두 휴일이다. 그래서인지 다들 긴장이 풀린 모습이다. 누구는 반성회를, 또 누구는 잘못을 지적하고 있다. 게다가 누구는 평소처럼 소파에 누워 쉬고 있다.

"나, 응원복을 받은 장면에서 왜 그렇게 놀랐을까? 재촬영 없이 OK여서 괜찮긴 했지만."

리쿠의 반성이나 의문점에 가장 먼저 대답을 하는건 이상하게도 늘 이오리였다.

"왜라니, 무슨 소리예요? 당신은 자신의 기분조차 몰라서 사람들에게 확인해야 하는 거예요? 당신은 지성을 머리에 둔 게 아니고 외부 하드디스크에 보관해 뒀나 보네요. 이젠 자신의 온스위치를 좀 찾았으면 좋겠어요."

이오리의 지적은 늘 정곡을 찔러서, 리쿠는 가끔 풀이 죽거나 화를 낼 때도 있다. 단지 요즘엔 이오리의 말에 가시는 있지만 독은 없다는 것을 알아서인지, 기본적으로는 말 그대로 받아들이고 가끔은 진지하게 반론을 하곤 했다.

"그게 아니야. 기분이 어떻다는 게 아니고 대본에는 '벼락에 맞은 듯 놀란다.'라고 돼 있었는데, 왜 그렇게까지 놀라야 하는 건지 어디에도 이유가 안 쓰여 있어서."

"아아, 그건 그러네요."

웬일인지 이오리는 더 이상 말하지 않고 이해했다.

2화부터는 대본의 내용 변화가 너무 심해서 수수께끼가 수수께끼를 부르고, 마무리를 어떻게 지을지 전혀 예상할 수 없는 드라마가 돼 버렸다.

"1화 평이 너무 좋았던 탓인지 우리만의 잔치로 끝내기 싫으니까 스태프들도 열심히 하는 것 같아. 자신들이 보고 싶은 걸 만들면 모두 즐겁게 볼 거라고 의욕에 넘쳐 있어. 그런 얘기를 들으니까 나도 기분이 좋더라고."

미츠키의 말에 이오리가 이해할 수 없다는 얼굴을 했다.

"물론 우리만의 잔치로 끝나지 않기를 바라는 건 저도 마찬가지예요. 하지만 다음 편 예고에서 나온 자막을 보고 의문점을 물어봐도 '아직 상세한 건 정해지지 않아서'라며 미안해하는 건 대체 어떻게 이해해야 하는 걸까요? 복선을 깔아 놓는 거라면 그것까지 고려해서 연기를 하고 싶어요."

"그런 드라마가 아니잖아."

"그런가요?"

이오리는 형 미츠키가 아이돌이 되는 게 꿈이었기 때문에, 그 꿈을 이뤄주기 위해 함께 아이돌이 된 것이다. 엄밀히 말하면 자신은 빛나는 사람이기보다 프로듀서로서 사람들을 빛나게 해주는 것에 더 맞다고 생각하고 있다.

그런 만큼 제대로 파악하지 못한 채 일이 진행되는 게 불안한 것이다.

무작정 진행되고 방향성도 명확하지 않은 드라마를 걱정하는 건 이오리로서는 너무 당연한 일이다.

"잘되고 있는 건 확실하잖아."

"그래도 줄거리가 어떻게 전개되는지 알고 싶어할 필요가 없다는 걸 받아들이려면, 역시 시간이 좀 필요한 것 같아요."

"이오리, 너무 복잡하게 생각하는 거 아니야?"

"생각 없이 사는 당신한테 그런 말 듣고 싶지 않아요."

리쿠의 말에 이오리는 딱 잘라 말했다.

한편, 주방 테이블에서 좋아하는 임금님 푸딩을 먹고 있는 타마키와 그 앞에 앉아 있는 소고.

소고는 여전히 웃는 얼굴이고, 타마키는 그저 맛있게 푸딩을 먹는 중이다. 하지만 둘 사이에는 팽팽한 긴장감이 흐른다.

"타마키 군, 다음 대본 오면 같이 리딩 연습하자."

"…소우가 화내니까 하기 싫어."

"타마키 군, 난 화난 게 아니야. 혹시 그렇게 보였다면 미안해."

"외웠는지 끈질기게 확인하잖아."

소고는 늘 대본을 챙겨 다니며 시간이 날 때마다 보고 있다. MEZZO"로서 둘이 이동하는 동안에도 늘 그랬다. 그리고 대본을 보기 전에 '타마키 군, 대사 외웠어?'라고 묻는다.

타마키는 그게 야단을 맞는 거 같아서 싫었다. 본인을 믿지 못하는 것 같아서 짜증이 나는 것이다.

타마키도 이번엔 노력했다.

못 읽는 한자도 매니저에게 사진을 보내 '어떻게 읽는지' 물어봐서 외우기도 했다. 소고나 이오리에게 물어보면 바보라고 놀림당할 것 같기도 하고, 부끄러워서 매니저에게 물어봤다. 타마키에게도 프라이드가 있다.

"기분 나쁘게 했으면 미안해. 타마키 군, 이번에 녹화하면서 대사 막혔을 때 있었잖아. 그래서 함께 리딩하는 횟수를 늘리면 자연스럽게 대사를 외울 수 있지 않을까 싶었어. 우리 같이 열심히 해 보자."

"외웠다고 했잖아. 오늘은 그냥 갑자기 안 나온 것뿐이야."

확실히 오늘은 촬영 중에 대사를 잊어버려 버벅댄 곳이 있긴 했다.

조금은 칭찬해 줘도 되지 않나?

임금님 푸딩을 다 먹은 후, 숟가락을 입에 문 채 원망스러운 눈으로 소고를 바라본다.

매일매일, 매일매일, 소고는 잔소리를 한다.

"그럴 리가 없지. 제대로 외워뒀다면, 대사를 잊어버리고 버벅대는 일은 없었을 거야. 촬영할 때 타마키 군은 늘 실수 없이 한 번에 끝내니까. 오늘도 빗속 길에서 강아지를 줍는 장면에서도 한 번에 끝냈잖아. 대사도 완벽했고, 표정도 너무 좋았어. 타마키 군은 하면 잘할 수 있잖아. 그러니까"

"그러니까?"

하면 할 수 있다고 소고가 말했다.

할 수 있다고, 했다.

혹시 칭찬인가 싶어서 타마키는 이어서 말하기를 기다렸다.

"똑바로 해."

"그런 말 말고."

입에 물고 있던 숟가락을 빼서 병에 꽂았다.

타마키는 타마키대로 소고에게 '좀 더 제대로' 칭찬받고 싶다고 생각했다. 언제나 소고는 타마키에게 '똑바로 해'라는 말만 하지만.

소고는 타마키에겐 미츠키한테 보였던 수줍은 듯한 웃는 얼굴을 보이지 않는다. 그라비아 사진집 촬영 때도 그랬다. 타마키는 어째선지 그게 분했다. 누구에게나 자신이 가장 먼저이기를 바라기 때문일지도 모른다. 다른 모두에게 그러는 건 싫다. 누구든, 타마키는 진심으로 타마키만을 가장 먼저 생각해 주기를 바란다.

소고는 배려심이 많은 성격으로, 상냥한 형이며, 모든 사람들에게 친절하지만 타마키한테만은 그렇지 않다. 늘 어긋나 버리는 게 타마키의 마음에 상처를 남긴다.

흘겨볼 마음은 없었지만, 타마키의 눈빛엔 화가 잔뜩 나 있다. 소고는 경직된 웃음을 띠며 조바심 나는 것을 숨겼다.

또 소고가 화를 내면 자리를 박차고 방으로 가자고 생각하고 있던 순간, 나기가 돌아왔다.

"다녀왔습니다. 멋있는 여성들과의 좌담회, 무척 즐거웠습니다. 매우 아름답고, 아주 총명하고, 유익한 시간이었어요. 내가 중요하게 생각하고 있는 꿈과 희망과 사랑을 모두 이해하고, 믿어 줬어요. 최고예요."

갑자기 텐션이 엄청 높다.

"어서 와."

야마토가 두 사람 곁을 지나 냉장고 문을 열었다.

"좀 지나갈게. 맥주 마실까나, 맥주. 사뒀을 텐데."

탁, 하고 냉장고 문이 닫히고, 야마토는 캔맥주를 땄다. 푸슛, 하는 가벼운 김새는 소리가 났다.

"OH, 미츠키, 나도 목 말라요."

나기는 야마토가 아닌 미츠키에게 말했다. 스스로 맥주를 가져올 생각이 전혀 없는 듯 보인다. 늘 있는 일이다 보니 미츠키는 '예, 예'라며 일어나서 나기를 위해 음료를 준비한다.

"오렌지 주스, 괜찮지?"

"네, 이것저것 고를 입장이 아니죠."

"이젠 네가 해."

너무 당연하다는 듯이 거실 소파에 앉는 나기를 돌아보며 미츠키는 한마디 했다.

"나, 네 하인이 아니야."라고 중얼거렸다. 하지만 어쨌든 나기의 상대를 해주는 건 늘 미츠키였다.

"타마는 그라비아 촬영할 때 무슨 생각해?"

둘의 이야기 사이에 야마토가 갑자기 타마키에게 물었다.

"아무것도."

"그렇지? 생각 없는 타입이잖아. 카메라맨이 좋다고 칭찬하면 그거에 넘어가서 점점 좋은 표정을 지으니까. 그런 타입은 머릿속에 다른 생각이 있으면 그것 때문에 표정이 잘 안 나오잖아. 아는 카메라맨이 해준 얘기긴 하지만."

어째선지 야마토는 이쪽 업계에 아는 사람이 많다.

"타마는 그라비아뿐만 아니라 전부 다 그렇잖아. 어디에서 무슨 촬영을 하든 타마는 바로 빠져드니까. 그게 또 작품이 되고. 아까 소우가 타마한테 '정말 대단해'라고 해서 타마, 기분 좋았지?"

"응."

"뭐?"

타마키가 그렇다고 하자, 소고는 놀란 듯 눈을 크게 떴다.

"그 기분을 계속 느끼게 해주면 좋을 텐데. 어차피 그 드라마는 이해하면서 연기 하기에는 너무 규모가 큰 코미디이니까."

"응—."

"타마한텐 타마만의 잘할 수 있는 방법이 있다는 거야."

야마토가 웃었다.

타마키는 바로 우쭐대는 면이 있다. 야마토는 타마키의 기분을 헤아려 주니까 좋아한다.

게다가 자기 생각을 잘 전달하지 못할 때도 야마토는 타마키의 감정과 생각을 소고에게 이야기해 준다.

"저기, 소우. 타마가 비 오는 거리에서 강아지를 줍는 장면, 좋았지?"

"네, 정말 대단했어요."

"그 말 좀 타마한테 계속해 줘."

잘했어가 아니고, 대단했어. 소고에게 칭찬받아서 타마키는 기분이 좋아졌다.

"야마 씨."

타마키는 야마토를 바라본다. 야마토는 선 채로 캔맥주를 꿀꺽꿀꺽 시원하다는 듯 마시고 있다. 둥근 울대뼈가 천천히 움직인다.

"응?"

야마토는 캔맥주에서 입을 떼고 타마키를 바라본다.

"좀 더 간단하게 대사를 머릿속에 넣는 방법 없을까? 암기 말고."

"암기 말고?"

"간단하게 할 수 있는 방법 좀 알려줘."

"타마키 군! 내가 한 말 안 들었어? 간단하게 할 수 있는 방법 같은 건 없어. 함께 열심히 해 보자. 타마키 군은 하려고 하면 할 수 있잖아. 대단하니까 제대로 해."

또 잔소리가 시작됐다.

"소우, 시끄러워."

타마키는 질린 듯 고개를 돌렸다.

이건 늘 있는 일이다.

미츠키가 나기에게 줄 오렌지 주스를 들고 이야기하고 있는 그들의 옆을 지나갔다. 지나가는 김에 가볍게 말을 던진다.

"수면학습 같은 건?"

"수면…?"

눈을 반짝거리며 묻는 타마키에게 미츠키가 설명해 줬다.

"자는 동안 귓가에 녹음된 대사를 계속 틀어두는 거야. 영어 듣기 같은 거, 옛날에 효과가 있다고 들은 적이 있어. 진짜인지는 몰라도 자는 동안 들은 말들을 뇌가 기억한다고 하더라고. 암기의 한 방법으로 편하기도 하고, 효과가 있다고도 했어."

MEZZO"의 멤버 둘 사이에 야마토와 미츠키가 개입해서 어떻게든 해결해 주는 것도 늘 있는 일이다.

"거짓말이에요."

거실에 있던 이오리가 말했다.

"거짓말일까? 나, 중학교 때 영어로 해 봤었는데 그때 시험 성적이 좋았거든."

"그건 제가 형 시험에 나올만한 문제를 찍어준 게 맞아 들어서였던 거 같은데요. 수면학습의 효과가 아니고…."

"아, 맞다. 수면학습 한다고 이오리가 녹음을 도와주다 보니 나보다 중학교 영어를 더 잘했었지. 그때 녹음해 줬던 영문 낭독 데이터 집에 아직 있을지도 몰라. 찾아볼까? 어? 그때는 이오리가 변성기 전이었던 것 같아."

"그거 나도 듣고 싶은데요."

"그만 해요."

이오리가 말하자 장난 섞인 형제간의 가벼운 싸움이 일어났다.

하지만 이즈미가의 형제 싸움은 나기의 "OH! 맞다. 레이디 스태프에게서 다음 화 대본 받아 왔어요. 모두에게 나눠줄게

요."라는 말에 멈췄다.

"정말? 벌써 다 됐다고?"

"네, 금방 나와서 후끈후끈해요."

"후끈후끈이 아니라 따끈따끈이겠지."

미츠키는 오렌지 주스 잔을 나기 앞에 놓고, 사람 수 대로 대본을 들어서 모두에게 나누어 주기 시작했다.

이오리가 조금 예민해졌다.

그걸 알아챈 건, 미츠키가 형이기 때문이다. 이오리에 관해서라면 '태어났을 때부터' 알고 있다. 자신이 어떻게 할 수 없는 대본의 내용이 불안하고 걱정되기 때문일 것이다. 하지만 미니 드라마의 반응이 좋아서 불만을 이야기할 수도 없다.

그런 이오리의 불안감을 해소해 주기 위해서라도 더 열심히 해야겠다고 미츠키는 생각했다.

설령 프릴이 달린 앞치마를 두른 모습으로 연기를 하게 된다고 하더라도.

미츠키는 캔맥주를 들고 방으로 돌아가서 좀 전에 받은 대본을 꺼내 읽기 시작한다.

이 드라마를 시작하기 전, 애초에 미츠키의 역할은 여배우가 연기 하기로 돼 있었다. 하지만 스태프들이 신인 아이돌인 IDOLiSH7을 배려해 여배우를 출연시키지 않기로 했다. 그래 서 여주인공 역에 미츠키를 배정한 것이다.

이러한 사정을 듣고 미츠키는 나풀나풀하는 프릴이 달린 앞 치마도, 종종 불량배들에게 납치를 당하거나 목숨에 위협을 받는 것도, 주인공인 리쿠에게 구조되는 것도 다 감수하기로 했다. 미츠키는 최선을 다해 '동경의 대상인 가정과 선생님'을 연기했다.

이오리에게 '너무 어렵게 생각하지 마'라고 이야기한 것처럼 이건 흐름에 따라 배꼽 잡고 웃는 코미디다. 카메라 작업과 배 경, 라이트의 처리가 너무 뛰어나서 깔끔한 영상이 만들어졌 다. 이 속도감을 늦추지 않기 위해, 대사를 주고받는 박자의 완급을 장면에 따라 생각해도 좋을지 모른다.

"······다음 편에서 이오리는 와이어 액션을 하잖아. 아주 멋 진 역이지 않아?"

집중해서 대본을 읽는 중에도 자신의 역할과 이오리의 역할 차이에 저절로 한숨이 나왔다. 원래 여자가 해야 했던 역이어 도 괜찮다며 '열심히 하자'고 마음을 다잡아도, 막상 자신 이외

의 멤버들의 역할을 생각하면 조금 속상해진다.

"하지만 우리 멤버들 중 연기에 재능이 있고 잘하는 건 야마토 씨야. 그러니까 야마토 씨가 복잡한 역을 하는 건 당연한 거고. 소고도 뭐든 다 잘 해내니 다중인격을 가진 선생님에, 적으로서의 역할까지 잘 소화해 내는 거고. 타마키는 타마키대로 스타일이 좋아서 긴 팔다리로 그냥 서 있기만 해도 그림이 되니까. 나기도 말만 하지 않으면 퍼펙트 뷰티고― 이오리도 뭐든 다 할 수 있는 슈퍼 고등학생― 리쿠는 열심히 하고, 순수하고, 귀여워서 어떻게 봐도 주인공."

물론 미츠키도 열심히 하고 있다.

열심히 하는 것에 대한 불만은 없다. 맡은 배역에도 불만이 있는 것은 아니다. 멤버들 중 가장 왜소하고, 연기력도 보통인 자신이 여주인공 역을 하는 것을 이해 못 하는 건 아니다.

하지만 마음이 조금은 아프다.

살짝 핥아주고 나면 바로 나아서 신경 쓰이지 않을 정도의 아픔.

"…내 장점은 뭐가 있을까."

평소에는 자신의 모습을 알고도 모르는 척했었다. 하지만 미니 드라마 배역으로 확실해졌다.

적당히 춤은 춘다. 적당히 잘생겼다. 적당히 노래도 한다. 특출난 재능이 없는 건지도 모르겠다. 그래도 건강함과 밝은 성격은 자신 있다. 리쿠만큼 어리진 않지만, 아이돌로서 살아가기 위해서는 '지금' 적극적으로 열심히 해야 한다. 시작점에서 뒤처져 여기에서 성공하지 못하면 끝나는 것이다.

빨간 펜과 대본을 손에 들고 있는데 노크 소리가 들린다. 대답도 하기 전에 문이 열렸다.

나기다.

손에 들고 있는 건 나기가 사랑하는 '매지컬★코코나'의 블루레이다. 이유는 모르겠지만 나기는 영화 감상 장비들을 미츠키의 방에 가지고 와서 본다. 포교의 명목으로 열리는 감상회는 가끔 심야까지 할 때도 있다. 성스러운 의식이므로 지나친 음주는 허락되지 않고, 정신적으로 정좌 상태를 가져야 한다.

"오늘은 이미 술을 마셔서 안 돼."

캔맥주를 들어 보이며 나기에게 말하자 나기는 "OH!"라며 아쉬워했다.

슬쩍 보니 미츠키의 손에 대본이 들려있다.

"미츠키, 시나리오 읽어봤습니까? 다음 화 '아이나나 학원'도 전개가 꽤 열정적이에요! 의욕 충만!! 뻔한 학원물에서 어메이징하고 장대한 모험 판타지로 바뀌었잖아요!"

"응, 읽고 있었어. 보건실 지도를 몸에 새긴 이오리가 납치당한 나를 구하러 와서 와이어 액션을 하는 곳까지 읽었어. 이오리, 멋있는 역이지?"

"네, 다음에 이오리는 정말 익사이팅한 역이에요! 나도 너무 기대돼요!!"

"유일하게 모르겠는 건 '이오리는 여기서 임기응변 애드리브로 전설의 의상을 손에 넣는다.'라며 요주의라고 쓰여 있는 부분이야. 이오리는 애드리브도 잘하지만, 전설의 의상이라는 게 대체 뭐야? 이오리가 앞으로의 전개를 모르는 채로 연기를 하는 게 어렵다고 한 게 이해되기도 해. ······그래도 이오리니까 어렵지 않게 해내겠지만."

뭐든 잘하는 동생에 대한 부러움이 섞여서인지 말꼬리가 흐려졌다.

"혹시 미츠키도 전설의 의상이 갖고 싶은 거예요? 미츠키에게 딱 어울리는 귀여운 의상을 준비해달라고 해 볼까요? 레이디 스태프들에게 내가 부탁해 볼게요. 레이디들은 내 말을 정말 잘 들어주니까 괜찮을 거예요. 래빗 채팅으로 부탁해도 되고요."

나기가 휴대전화를 꺼냈다.

"언제 래빗 채팅 아이디까지 교환했어? 매니저한테 들었는데 '아이나나 학원'에 사춘기적인 요소가 많이 포함된 건 나기가 여자 스태프들에게 이것저것 훈수를 둬서 그런 거라며?"

나기는 자신의 매력으로 여자 스태프들을 잘 구슬려 본인 취향의 요소들을 대본에 넣도록 했다고 한다. 그 탓에 2화 이후부터는 학원물이 아닌 장대한 판타지물로 변해 가고 있다.

나기가 스태프들에게 요청하면 미츠키의 전설의 의상도 준비될지 모른다는 생각에 당황스러웠다. 나기의 취향대로 말도 안 되는 의상으로 갈아입혀질 것 같다.

"아니, 됐어! 전설의 의상이 부러운 게 아니니까 말 안 해도 돼!!"

"정말요?"

나기는 미츠키를 바라봤다. 말만 안 하면 조각같이 잘생긴 얼굴. 잔잔한 호수 같은 푸른 두 눈. 그 눈으로 미츠키의 속마

음을 꿰뚫어 보고 있다는 듯 계속 응시했다.

"정말이라니까. 허니 트랩은 그만!! 지금 해야 하는 연기도 신경 쓸 게 많다고 할까? 대사는 남자답고 똑 부러지게 연기하면서, 여주인공 역으로서 계속 납치도 당하고 있잖아? 코미디니까 이런 건 상관없지만 시청자들이 제대로 몰입할 수 있도록 하고 싶거든. 사실은 멋있게 보이고 싶었어. 난 아이돌이니까. 그런데 여주인공이기도 해서— 아아, 꽤 어렵네."

머리를 감싸자 나기가 미츠키 곁으로 다가와 앉는다.

"미츠키는 멋있어요."

나기의 말에 미츠키는 고개를 들고 나기를 물끄러미 바라봤다.

"응? 어디가?"

"정말이에요. 당신은 프릴 달린 앞치마 모습이어도, 나뭇잎 하나로 가리고 있는 모습이어도, 당당하게 진심을 다하는 남자니까요. 나는 그걸 알아요. 그러니까 미츠키는 언제나 멋있어요."

나기가 미츠키의 등을 툭 친다. 리쿠의 온, 오프 스위치를 누를 때처럼.

"모두 알고 있는걸요. 나뿐만이 아니에요. 드라마를 보는 모든 시청자들에게도 전해졌을 거예요. 진심과 진실함, 정열과 사랑은 화면 너머라도 전해지는 것들이니까요."

나기의 진지한 얼굴에 웃음이 나왔다.

"하하하… 그런가? 고마워."

"유어 웰컴. 고맙다는 인사를 받을 만한 말은 한마디도 안 했어요. 나는 진실만을 이야기했으니까요. 인터넷이 세상을 이어준다고 말하지만 이어주는 건 세상이 아니라, 사람과 사람 사이라고 생각해요. 미츠키의 멋진 모습도, 성실함도, 모두에게 잘 전해질 거예요. 나의 사랑과 꿈과 희망도요."

늘 이상한 말과 행동만 하면서 아주 드물게 진지한 이야기로 사람을 감동시키며 용기를 북돋아 주는 것이 나기였다. 둔감한 것 같지만 사람의 감정을 잘 읽어낼 줄 안다.

"그럴까— 전해질까?"

"물론이에요."

"힘내야지!"

"네, 힘내보자고요!"

미츠키와 나기는 마주 보며 웃었다.

하지만 미츠키는 흘려버린 말 중에 뭔가 불안함을 느꼈는데, 생각이 나서 조심스럽게 나기에게 물었다.

"…나기, 좀 전에 나뭇잎 한 장을 걸친 모습이 어떻다고 했었지?"

"네."

불안하기 짝이 없다. 등 뒤에 식은땀이 흐른다.

미니 드라마에서 멤버들이 점점 이상한 의상으로 바뀌고 있는 건 분명 나기 때문인 것 같다.

"나한테 전설의 의상을 입히려고 하지 마. 절대 절대 안 돼. 부탁할게."

"OK. 아쉽지만 미츠키가 그렇게까지 앞치마 모습을 좋아한다면 그대로 하죠."

"좋아하는 거 아니야!!"

있는 힘껏 아니라고 부정하는 미츠키에게 나기는 천사 같은 얼굴로 웃어 보였다.

미츠키와 나기, 야마토는 각자의 방으로 돌아갔다.

거실에 남아 있는 것은 리쿠와 타마키, 이오리와 소고다.

"수면학습 해 보자."

타마키는 바로 소고에게 부탁했다.

소고는 '좀 더 함께 노력하자.'라고 타마키에게 간곡하게 부탁했지만, 타마키는 '그건 그거고.'라며 소고를 끈질기게 물고 늘어졌다.

"제대로 할 거야. 근데 어차피 소우는 방에서도 연습하잖아. 그러니까 그걸 내 옆에서 읽어주면 수면학습이 가능하다는 거지."

"하지만…."

"괜찮지? 아무도 방해받지 않잖아."

타마키는 계속 고집을 부렸다. 소고는 타마키의 부탁을 들어주지 않을 것이다. 자는 타마키의 귓가에 대사를 들려주는 것뿐이라면 힘든 일도 아니었다.

"그런 얘기가 아니야. 편하게 외우려고 하지 말고, 좀 더 함께 노력하면 좋잖아…."

"소우는 날 싫어하는구나."

"그렇게 말한 적 없어."

MEZZO"는 데뷔 초부터 늘 같은 상황의 반복이다. 언제나 비슷한 대화를 하며, 서로의 진심을 탐색한다. 웃으면서 '사실

은 널 싫어하는 게 아니야'라고 말해주길 바라면서, 타마키는 소고에게 짜증 나는 말들을 해 버리는 것이다.

사실 그렇게 말하면 안 된다는 걸 알고 있다. 하지만 잘 안된다.

늘 어긋나기만 한다.

리쿠는 불안한 눈빛으로 둘의 안색을 살핀다. 이오리가 큰 한숨을 내쉬었다.

"방해는 안 되지만, 그리 도움이 될 것 같지도 않아요. 제가 요츠바 씨한테 같은 부탁을 받았어도 거절했을 거예요. 요츠바 씨, 암기는 자투리 시간에 하면 좋을 것 같은데요."

이오리가 타마키에게 말했다.

"자투리 시간?"

"목욕 시간이나 화장실에 있을 때, 잠깐 이용할 수 있는 시간이요. 저는 그런 시간을 이용해서 대본을 외우고 있어요."

이오리는 아무리 긴 대사도 완전히 암기해 단 한 번의 실수 없이 한 번에 OK를 받는다.

"알겠어. 그럼 그것도 해 보겠지만 이오리는 학교에서 내가 졸고 있으면 내 귀에 대고 대사 읽어줘."

"거절할게요. 수면학습이라는 그런 무의미한 방식에 노력을 기울이는 건 너무 비효율적이니까요."

이오리는 단칼에 거절했다.

"타마키는 소고 씨한테 너무 의지하려고만 하는 것 같아."

리쿠까지 소고 편을 들었다. 리쿠는 원래 소고를 친형처럼 따르기 때문에 소고의 편을 드는 건 당연한 일이다.

타마키는 그렇게 어려운 일을 부탁하는 것도 아닌데 모두 소고의 편만 드는 것 같다는 생각이 들어, 마치 자신이 아주 버릇없고 무례한 사람인 듯 느껴졌다.

감정에 휩싸여 불에 그을린 종이가 쪼그라들어 뜯겨 나가는 듯한 기분이다. 사소한 일이라고 생각하면 계속 사소하게 느껴진다. 한 번 기분이 나빠지면 계속 기분 나쁘게 느껴진다.

"됐어."

타마키는 자리에서 일어서더니 밖으로 나갔다.

"아… 타마키 군, 대본…."

대본을 두고 나가는 것을 비난하는 듯한 소고의 소리가 등 뒤로 들린다. '대본을 들고 올 걸. 하기 싫은 게 아닌데, 외우기 싫은 게 아닌데.'라고 생각했지만, 돌아가서 대본을 들고 오는

건 어쩐지 꼴사나워서 그대로 방으로 가버렸다.

쾅!

방문 손잡이를 등 뒤로 잡은 채, 방문에 기대어 미끄러져 바닥에 앉아,

"아—아. 왜 자꾸 이렇게 되는 거지?"

잘되지 않는다며, 타마키는 슬픈 듯 혼잣말을 했다.

발소리가 가까워지고, 조심스러운 노크 소리가 들린다.

"타마키 군."

소고의 목소리에 타마키는 "뭐야?"라고, 여전히 등을 문에 댄 채 대답했다.

"대본 가져왔어. 문 열어봐."

"졸려, 싫어."

"잘 거면 수면학습 해줄 테니까 열어."

"정말?"

타마키는 천천히 일어나 문을 열었다. 사과하고 싶은 마음은 굴뚝같지만, 타마키는 '미안해.'라는 말이 나오질 않았다.

"타마키 군이 잠들 때까지 대본 읽어줄게. 그러니까 어서 누워."

"소우, 화났잖아!"

하지만—.

타마키의 곁에서 소고는 계속 대본을 읽어줬다. 부드러운 목소리로. 츤데레인 흡혈귀 역의 소고와 타마키 둘이 연기하는 장면을. 자장가 같은 소고의 목소리를 들으며, 타마키는 잠이 들었다.

IDOLiSH7 멤버 모두 함께 이동하는 일은 그리 많지 않다. MEZZO"의 개별 활동도 있고, 이오리와 타마키는 점심까지 학교에 있다. 야마토와 나기는 개별적으로 일이 들어오기도 한다.

미츠키는 혼자서 촬영장으로 향했다.

대기실에서 평소처럼 대본을 읽고 있는데 스태프 중 한 사람이 차를 가져다준다.

"…대단한데요. 분석한 게 대본에 엄청나게 쓰여 있네요."

미츠키의 손에 들려있는 대본을 보고 스태프가 말했다. 빨간색 펜으로 줄을 긋거나, 주석을 달아놓은 대본이 조금 부끄러운 미츠키였다.

"아… 아뇨."

"역시 미츠키 씨에게 이 역할을 맡기길 잘했어요. 언제나 진지하게 임해 주셔서 감사해요. 제작진들은 미츠키 씨라서 이 배역을 드린 거예요."

다른 멤버들보다 특출난 부분이 없어서…라는 의미인 건가 싶어 미츠키는 조금 기가 죽었다.

하지만—.

"대본이나 모순된 설정을 밸런스가 좋도록 이끌어 주는 건 미츠키 씨라고 모두 말하거든요. 제작진으로서 이렇게 말하는 것도 좀 죄송하지만— '아이나나 학원'의 설정이 점점 뒤죽박죽이 돼 가잖아요. 계속 커지는 혼란 속에서 확실하게 든든한 버팀목이 되어 주는 영웅이면서 여주인공도 될 수 있는 사람— 이건 확실히 미츠키 씨라고 작가 선생님도 감독님도 단번에 결정하셨어요."

"네?"

얼떨결에 되물었다. 확실하게 든든한 버팀목. 밸런스. 다른 멤버들과 비교해서 장점이 없다고 생각한 미츠키였으므로 이건 생각지도 못한 말이었다.

마음속 그늘에 환한 빛이 비치는 듯하다. 후련해졌다.

"나대지 않으면서, 그렇다고 움츠러들지도 않는 건 정말 어려운 거니까요. 시시껄렁한 웃음을 지을 수 있는 건 진지하게 연기에 임하는 사람만이 표현할 수 있다고 생각해요. 그리고… 귀엽기도 하고요."

"…아."

"미츠키 씨에게 매회 위로받고 있어요."

"고마워…라고 하는 것도 좀 복잡한 마음이긴 하지만, 앞으로도 계속 위로해 줄 테니까 지켜봐 줘!"

미츠키가 말하자 스태프는 "네."하고 대답했다.

그리고 방과 후 이오리.

그는 촬영장으로 향했다. 타마키는 MEZZO"의 일이 있어서 그곳에서 바로 촬영장으로 가기로 했다.

이동하는 지하철 안에서 이오리는 혼자서 생각에 빠졌다.

재미있고 잘 만들어진 건 알겠지만 어이없는 전개의 '아이나나 학원'을 어떻게 해야 하는지, 자신의 역할을 생각해 보고 있다.

잘 되고 있으니 그걸로 됐다.

하지만 줄거리를 상세하게 알지 못한다는 건 이오리에게 있

어 꺼림칙한 일이다. 세상 모든 일이 자신의 계산대로 되지 않는다는 건 알고 있다. 불확실하게 무작위로 뽑히는 숫자나 자극들이 계산 이상의 폭발력을 가지고 성공하는 경우도 있다. 그러므로 그 불확실성조차 미리 알아 대처하고, 고려해 두는 것이 이오리의 성격이다.

IDOLiSH7의 멤버들 모두 각자 개성이 뚜렷하다.

노래하고, 춤을 추는 동안은 반짝거리는 유성 같다. 하지만 그 유성을 이루는 멤버 한 사람 한 사람은 각각의 장점도 단점도 가지고 있는 개인이다. 미니 드라마에 함께 편성된 예능 프로그램을 녹화할 때 드러나는 각자의 개성들이 이오리의 판단력을 흐린다.

타마키와 소고는 늘 어긋난다. 나기는 의욕에 넘쳐 항상 흥이 넘치는 게 불안하다. 미츠키는 불평불만을 얼굴에 드러내지 않고, 늘 노력한다. 리쿠는 언제나 진지하고 순수하다. 야마토는 마이페이스로 점점 더 악랄해지는 악당 캐릭터를 완벽하게 연기하고 있다. 평소와 다를 거 없다고 보면 다를 거 없는 멤버들이다.

"IDOLiSH7은 각자의 개성이 뚜렷하다."

소리 내서 말해본다.

알고 있지만 다시 한번 멤버들을 생각해 본다.

무엇 때문에 이렇게 신경이 쓰이는 건지, 어떻게 하면 목에 걸린 가시처럼 거슬리는 마음을, 무겁게 짓누르는 이 느낌을 없앨 수 있을까.

일이 없는 일요일— 이오리와 멤버들은 체험형 디지털 아트 전 '환영의 낙원—꽃놀이'에 와있다.

매니저에게 부탁해서 티켓을 구한 것이다.

처음엔 이오리 혼자 올 생각이었지만 '이오리가 몰래 츠무기에게서 뭔가를 받았다.'라고 멤버들 사이에 소문이 퍼져 아무것도 아니라고, 아무 일도 아니라고 해명하다 보니 무슨 이유에선지 멤버들 모두 함께 오게 됐다.

도심의 빌딩 한 층을 사용하는 전시장 내부는 프로젝터로 영상을 투사하는 기법이 구사되어 디지털 꽃과 꽃꽂이 된 생화가 교대로 배치되어 '환영의 낙원'이 구현돼 있었다.

어두운 실내의 벽면에 디지털 꽃이 피어나고, 시선을 올려다 보면 천장에는 구름을 형상화한 벚꽃색 천이 하늘하늘 드리워

져 있다. 미로처럼 나누어진 통로는 다음 전시물이 모퉁이를 돌 때까지는 보이지 않도록 계산해서 만들어져 있었다. 새로운 공간에 들어가기 전까지는 어떤 꽃을 보게 될지 전혀 예측할 수 없었다.

"우와, 정말 예쁘다. 게다가 봐봐. 감색, 초록색, 오렌지색, 하늘색, 보라색, 노란색에 빨강. 이거 우리 이미지 컬러야."

어둠 속에 풀들이 자라나 꽃을 피우는 영상 앞에서 리쿠가 소리를 높였다.

꽃잎들이 연한 빛으로 빛나고 있다. 자연의 꽃이 아닌 인공적인 꽃이기 때문에 보이는 색채에 리쿠는 눈을 반짝거린다.

"판타스틱!! 그럼, 이 노란 꽃은 나예요. OH! 나를 상징하는 색깔의 꽃은 나를 닮아 아름다워요."

리쿠는 감색의 꽃잎에 손가락을 대본다. 디지털 꽃에 손을 갖다 댄 순간, 꽃잎은 바람에 뜯기듯 흔들리며 작은 빛의 입자가 되어 점점이 흩어져 사라졌다.

빛의 조각들이 부드럽게 흘러 없어지더니 벽면의 어둠 속에 다시 나타났다.

"아… 만지니까 사라져 버리네. 미안."

리쿠는 반성하는 꼬마처럼 미안한 표정으로 옆에 서 있는 이오리를 보았다.

"왜 저한테 사과하는 거죠? 당신 때문에 꽃이 흩어진 게 아니잖아요. 분명 터치식 감지 센서가 있어서 사람이 손대면 흩어지도록 만들어진 것일 텐데. 감상하는 사람들의 오감을 자극해서 즐기기를 바라는 플라워 아트전이잖아요. 역시 디지털 아트 그룹 Y—클래식 작품답네요."

감탄한 듯 이야기하는 이오리의 뒤에서 미츠키가

"리쿠, 괜찮아. 봐봐, 다시 밑에서부터 잎이 자라 나오잖아."

라며, 벽의 아래쪽을 가리켰다. 미츠키는 숨을 쉬듯 자연스럽게, 무의식적으로 의기소침해져 있는 누군가의 기운을 북돋워 주려는 경향이 있다. 태어날 때부터 '형' 기질을 타고났다고 해야 할 정도다.

싱싱한 어린잎이 다시 싹을 틔우며, 디지털 잎사귀가 벽을 뻗어 나간다.

"와, 이거 재미있다."

큰 키의 타마키가 웅크리고 앉아, 디지털 꽃의 녹색 잎을 쿡 찌른다. 이번엔 봉오리를 맺지 못하고 흩어져 형태를 잃어버리

고 어두워진다.

"아… 뭐야?"

타마키는 잎을 만진 자신의 손을 바라봤다.

"타마키 군."

타마키를 보며 부른 것은 소고였다.

"소우, 사라져 버렸어."

타마키는 소고에게 말했다. 단순한 마음으로 만져봤지만 바로 사라져 버린 환상의 꽃의 덧없음에 당황한 듯 얼떨떨한 얼굴이다.

"그러게."

소고가 부드럽게 미소 지으며 "그래도 다시 필 거야."라고 속삭이자, 타마키는 "그렇겠지?"라며 일어섰다.

"그래도 만지는 건 그만할래. 예쁘게 피었는데 사라져 버리는 건 싫어."

딱 잘라 말하는 타마키에게 야마토는 안경 너머의 눈을 가늘게 뜨고 "타마, 착하네."라며 웃었다.

"형님은 꽃놀이라면 진짜 꽃을 보는 게 좋다고 생각했는데 이건 이거대로 좋네."

야마토가 평소처럼 가볍게 말했다.

"…그렇지? 이오리가 왜 굳이 이런 영상으로 하는 꽃놀이를 본다는 건지 이해가 안됐는데."

미츠키가 말했다.

"미츠키, 영상과 이차원의 아름다움을 알았군요! 일본의 이차원은 무조건 뷰티풀! 오늘 숙소에 돌아가면 나의 사랑 '매지컬★코코나' 영상으로 좀 더 감동을 해봐요!!"

"잠깐만, 어제도 봤잖아!!"

기세가 오른 나기를 미츠키가 진정시킨다.

"코코나는 됐고, 디지털 아트에도 그 나름의 아름다움과 구조가 있다는 걸 알았어요. 실제로는 볼 수 없는 환상의 꽃이라든가, 환영의 낙원에 들어가는 듯한 느낌이 매력적이네요. 이 전시는 오감을 자극하는 것을 테마 중에 하나로 삼고 있기 때문에 감촉뿐만이 아니라, 도중에 향기가 나는 공간도 있어요. 바람이 부는 공간이라든지, 또 조금 더 가면 꽃을 이용한 후식이나 음료도 준비되어 있어요."

이오리의 설명에, 소고는 감탄했다.

"이오리 군은 늘 미리 공부하고 알아보니까 도움이 돼."

"형님은 낙원이라면 술이 마시고 싶은데."

"오, 좋은데. 꽃놀이에 술이 빠질 수 없지. 나도 느긋하게 술 마시고 싶다."

"OH! 미츠키, 느긋하게 나랑 일본의 예술에 관해 이야기해 봐요."

"매니저에게 표를 받아서 온 거니까 이것도 일이라고 생각해야 하지 않을까요. 그럼 술은 좀 아닌 것 같은데요…."

"아, 그것도 그렇네. 그럼 소우는 안 마시는 게 좋을지도."

"아뇨, 저만 그렇다는 게 아니라 모두 마시지 않는 편이 낫지 않을까 싶은데…."

"푸딩이나 아이스크림은 있겠지?"

"타마키, 먹고 싶어? 그럼 내가 사줄게…… 어? 지갑 두고 왔다. 미… 미안."

"리쿠 군, 타마키 군, 그렇게 슬퍼하지 마. 나는 지갑 가져왔으니까 내가 사줄게."

"소우가 사주는 거야? 고마워."

"어허, 타마도 리쿠도 소우한테 너무 어리광 부리는 거 아니야? 어쩔 수 없지. 형님도 같이 사줄게."

"그럼 소우가 푸딩, 야마 씨가 아이스크림 사주는 거야?"

"아니, 한 사람당 하나씩 사주려고 했는데 한 번에 다 먹으면 배탈 나지 않을까?"

"괜찮아, 괜찮아."

한꺼번에 이야기하는 멤버들 앞에 디지털 꽃이 흐드러지게 피었다.

각각 다른 꽃잎을 가진 환상의 꽃이 살랑살랑 흔들리고 있다. 반짝이는 디지털 꽃을 함께 바라보고, 제각기 이야기하며 걸어가기 시작했다.

다음 공간으로 이동했다. 빛이 중간에 끊겨있다. 좁고 어두운 통로를 지났다.

갑자기 시야가 밝아졌다.

한 걸음 더 가본다. 강한 바람이 멤버들의 볼을 감싼다.

"…우와."

소리가 절로 나온다.

꽃샘바람이 불고 있다. 상하좌우, 보이는 곳 모두 벚꽃 잎이 흩날리고 있다. 사각형의 어둠을 잘라놓은 듯한 공간에, 휘몰아치는 벚꽃 잎의 향연은 디지털만이 표현할 수 있는 이세계

공간이었다.

이곳이 어디인지 잊게 만드는 곳이었다.

위로 떠오르는 듯하다가, 아래로 툭 떨어지는 듯하기도 하며, 둥실 떠다니는 듯한 느낌에 사로잡혔다.

―모든 게 꿈처럼 아름답다.

멤버 모두 웃는 얼굴이 되었다.

얼굴에 웃음을 띤 채, 잠시 그대로 서 있었다.

●아이나나 학원 제10화 대본

장소……………미궁으로 바뀐 보건실, 미궁의 어느 장소.

이오리…………(적의 세뇌가 풀려, 'YOICHI'라는 코드네임을 가진 자신은 거짓 모습이라고 생각한다. 주인공인 리쿠와 다시 한번 손을 잡고 어둠의 지배자에게 맞선다)・이즈미 이오리

소고……………(사실은 흡혈귀였던 열혈 수학 선생님)・오사카 소고

타마키 ·········(적이라고 생각하고 있던 이오리가 아군이
　　　　　　되자 반신반의하면서 리쿠의 '믿어보고
　　　　　　싶어'라는 말에 이끌려 구해주려하지만,
　　　　　　소고에게 유혹당해 흡혈 된다)•요츠바
　　　　　　타마키

소고　　　"어서 와요, 우리의 미궁에.
　　　　　　당신을 기다리고 있었어요."

방의 한쪽 구석에 놓인 침대에 이오리가 누워있다.

타마키　"…기다렸다…고?"

소고　　　"네, 저는 당신이 아주 마음에 들었거든요.
　　　　　　당신을 불러들이기 위해 그를
　　　　　　미궁에 붙잡아 둔 거죠. 예상대로 당신은
　　　　　　그를 구하기 위해 왔군요. 정말 기뻐요."

타마키　"무슨 소리야?"

소고　　　"당신이 아주 특별한 존재라는 얘기죠.
　　　　　　덫을 놓아서라도 당신을 내 곁에 두고
　　　　　　싶었어. —어서 와.
　　　　　　이제 그는 필요 없어졌어."

소고, 이오리를 보고 손에서 번쩍 빛을 낸다. 이오리가 사라지고, 타마키와 소고 둘만 남았다.

　　　타마키 "어떻게 된 거야?!"

　　　소고 　"후후후… 아직 이해를 못 하는 것 같군.

　　　　　　 귀여워. 당신의 피는 아주 달고,

　　　　　　 나를 취하게 해. 자, 어서 이리로."

소고의 눈에서 빛이 번쩍. 타마키는 저항하지 못하고 비틀거리며 소고에게 간다.

　　　타마키 "으읏… 몸이…."

타마키는 흡혈귀의 마력에 의해 움직여지는 몸을 어떻게든 이겨내 보려 하지만, 소고의 앞에 무릎을 꿇고 만다. 소고는 무릎을 꿇은 타마키를 내려다보며 타마키의 턱을 손가락으로 들어 올리고는 웃음을 보인다.

　　　소고 　"부탁드린다고 하면 적당히 끝내줄 수도

　　　　　　 있어. 플리즈를 붙여서 정중하게 말이지."

타마키는 소고의 마력을 필사적으로 차단하려 한다. 자신의 힘과 밀실 밖에 있는 이오리, 리쿠의 우정의 힘으로 마력을 풀어내고, 웃음을 지으며 일어나 소고의 손을 잡아채며 내려다본다.

소고 　"으앗." (동요한다)

타마키 "귀여운 건 내가 아니라, 그쪽 아닌가?"

소고는 저항하지 못한다.

타마키 "부탁드린다고 하면 적당히 끝내줄 수도
　　　있어. 플리즈를 붙여서 정중하게 말이지."

소고 　"……부, 탁드……"

흡혈귀 망토를 걸친 소고가 이상하리만치 귀여웠다. 배역을
생각해 보면 좀 더 섬뜩해 보여도 될 것 같은데 타마키 쪽의
비중이 높아서인지, 둘이 대치하고 있으니 오히려 타마키가 마
왕처럼 보이기까지 했다.

보이는 이미지에 의한 효과를 노리고 이렇게 배역을 나눈 것
일지도 모르겠다.

타마키는 소고의 흡혈귀 역이 마음에 드는 듯, 흡혈귀와 대
치하는 장면 촬영 중에는 언제나 기분이 좋아 보였다. 츤데레
인 흡혈귀 소고가 타마키의 피를 빠는 장면을 촬영할 때, 타마

키의 피가 너무 맛있어서 꼼짝도 못하고 끝내 '네 피가 필요해.
제발, 부탁이야.'라고 매달리는 소고의 모습을 즐기며 좋아하는
것 같다.

"앗."

대본대로 타마키에게 안긴 소고가 놀란 소리를 낸다. 곤란한
듯 웃음을 지으며 타마키를 올려다본다.

"…아하하하, 소우, 귀여워."

무의식중에 웃음 섞인 타마키의 한 마디. 대본에는 없는 대
사다. 그건 그냥 타마키의 감상이었다.

"타마키 군?"

소고가 당황한 듯 타마키를 부르고, 감독의 '컷' 사인이 나왔
다.

"타마키 군, 그 애드리브도 괜찮긴 한데 이번엔 대본대로 다
시 한번 가볼까? 타마키 군은 쿨한 선배 역할이니까 여기서는
대본대로 가는 게 더 좋을지도 몰라."

스태프들 사이에서 '역시 MEZZO"는 사이가 좋은 것 같아.'
라는 소리가 들렸다.

"좀 전에도 자고있는 타마키 군의 귀에 대고 '귀여운 건 내가

아니라 그쪽 아닌가?'라면서 소고 씨가 계속 얘기 했어."

"진짜 MEZZO"는 사이가 좋은가 봐요."

이건 수면학습을 이야기하는 것 같다. 소고는 결국 타마키에게 부탁받은 수면학습을 위해 대사를 읽어주고 있었다.

"…하지만, 학습 방법이 틀렸다는 걸 보여주네요. 수면학습의 효과가 전혀 없는 것 같아요."

이오리는 혼잣말을 중얼거리며 타마키와 소고를 봤다.

타마키는 소리 내 웃고 있었다. 역시 타마키의 웃음 장벽은 너무 낮다.

"타마키 군, 그만 웃어. 죄송합니다. 다시 한번 부탁드립니다. 타마키 군, '귀여운 건 내가 아니라, 그쪽 아닌가?' 부터야."

"응. 소우가 하는 흡혈귀, 너무 귀여워. 난 흡혈귀가 제일 좋아."

"그러니까 타마키 군, 그렇게 하지 말고 대사를 해야지."

"응. —귀여운 건 내가 아니라, 그쪽 아닌가?"

타마키가 대사를 했다. 낮은 목소리로 흘깃 보는 시선이 섹시하다. 연기를 하는 것처럼 보이지 않았다. 일상적인 감상을 이야기하는 것 같았다. 가끔 타마키는 이렇게 한 번씩 터뜨릴

때가 있다. 예전에 야마토가 타마키에게 말했듯, 이런저런 생각보다는 주위의 분위기에 따라 타마키는 좋은 연기를 한다.

여자 스태프들 사이에서 "꺄아!"하는 소리가 들렸다.

"타마, 역시 할 때는 제대로 하네."

언제부터인지 흰색 의상을 입은 야마토가 이오리 옆에 서 있다. 야마토뿐만 아니라 멤버들 모두 모여있다.

"아가씨들, 녹화 중입니다. 조용히."

야마토의 뒤에서 나기가 윙크를 날린다. 여자 스태프들이 더 술렁인다.

"나기, 쓸데없는 짓 하지 말라니까."

미츠키가 나기의 소매를 잡아끌며 나무란다.

"쏘리—. 내가 너무 매력적이어서 미안해요."

"…나도 수면학습 해야 할까 봐. 오늘 대사가 너무 길어서 자신이 없어."

리쿠가 미츠키에게 진지한 얼굴로 말했다.

"비효율적이라 반대예요. 다른 방법으로 노력해 봐요."

얼떨결에 이오리가 리쿠를 나무랐다. 리쿠가 시무룩해진다.

"리쿠, 지금까지 대사 잊어버린 적 한 번도 없잖아. 그러니까 괜찮을 거야."

미츠키가 말했다. 리쿠의 얼굴이 갑자기 밝아진다. 단순하다.

"—형."

미츠키가 이오리를 올려다보며 웃었다.

"점점 좋아지는데? 녹화하면 할수록 재미있어. 타마키의 연기도 물이 올랐고, 우리도 함께 끝내주게 재미있는 작품 만들어 버리자!!"

프릴이 달린 앞치마를 입은 귀여운 모습으로 기합이 잔뜩 들어간 주먹을 들어 올린다.

"좋아! 해 보자!"

리쿠가 동조했다. 나기는 얼굴에 미소를 띤다.

"저 녀석들도 이제 꽤 재미있어하는 것 같아. 수면학습이 의외로 타마랑 소우한테 딱 맞는 걸지도. 자는 동안 소우의 상냥함에 타마는 만족하고, 소우는 그렇게라도 노력해주는 타마의 모습을 보고 서로 대화가 통할 테니까."

"역시 어둠의 지배자는 뭐든 꿰뚫어 보는군!"

"미츠, 누가 지배자라는 거야."

야마토와 미츠키가 가벼운 농담을 주고받는다.

조감독이 재촬영할 장면에 대해 설명한다. 이오리가 침대에 누워있는 장면부터가 아니고 사라진 후부터 재촬영이다. 그러므로 이오리는 지금부터 스튜디오에 대기하고 있을 필요가 없다.

타마키는 감정을 잡는다. 소고도 처음 위치로 돌아가 연기를 시작한다.

처음보다 훨씬 좋아진 촬영 분위기에 보고 있는 사람들도 빠져들어 조용해졌다.

"이오리, 우리가 즐기면서 하고 있다는 게 시청자들에게도 전해지겠지? 인터넷으로 연결된 세상 이쪽엔 우리가 있고, 저쪽에도 사람들이 있는 거니까. 이렇게 생각하면 새삼 대단한 거 같지 않아? 우리 모두의 마음이 전해지는 거야."

미츠키가 말했다.

미츠키의 무심코 던진 말이 이오리의 가슴을 울렸다.

─IDOLiSH7 멤버들은 각자의 개성이 강하다.

이오리가 그것을 의식하든 안 하든 멤버들은 그걸 알고 있었다. 그리고 모두 각자의 방법으로 해결책을 찾아가고 있다. 한 걸음씩 앞으로 나아가고 있다.

개개인 모두의 노력으로 성장하고 있고, 봐주는 사람들에게 자신들의 진심이 전해진다는 걸 믿으며 앞으로 나아가고 있다.

"그러네요."

이오리의 마음을 무겁게 짓누르던 그 무언가가 깨끗이 씻겨 나가는 느낌이다. 무엇을 두려워했던 걸까. 바보 같이. 이오리 가 결정한 웹드라마를 향한 GO 사인. 자신의 프로듀스 실패 에 대해 걱정은 할 필요 없었다. 그냥 멤버들을 믿으면 되는 것 이었다.

IDOLiSH7은 싸구려 아이돌이 될 리가 없다.

왜냐하면 진정한 아이돌이므로.

혼자서 걱정하고, 근심하고, 만약 뭔가 문제가 생기면 어떻게 해야 할지 전전긍긍하던 자기 모습에 이오리는 미안한 마음이 들어, "잠시 쉬고 오겠습니다."라며 분장실로 향했다. 다른 멤 버들은 타마키와 소고의 촬영을 스튜디오에서 보고 있다.

"…나 혼자만 겉돌고 있었던 건가."

의자에 앉아 얼굴을 감싼다.

노크 소리가 들렸다.

"저기, 안녕하세요. 이즈미 이오리 씨 되시죠?"

인사 방법이 다른 것으로 보아 신입인 듯 했다.

본 적 없는 남자다. 이오리와 비슷한 나이대의 남자다. 스태프 목걸이를 하고 있으니 외부인은 아닌 듯 했다.

"네, 맞는데 당신은요?"

석연치 않다는 듯 대답하자 표정이 밝아지며 남자가 대답했다.

"저는 이번에 프로그램을 함께하게 된…"

남자의 이름에 이오리는 깜짝 놀랐다. 세계적인 디지털 아트 그룹 Y─클래식에게 인정받은 크리에이터다. 이오리가 이번 웹 프로그램의 의뢰를 승낙하게 된 이유 중 하나였다. 그런 그가 눈앞에 있다.

"처음 뵙겠습니다. 이즈미 이오리입니다. 여러모로 신세 지고 있습니다."

일어서서 인사를 건넸다. 상대방도 "저야말로."라며 머리를 숙인다.

"저는 촬영한 데이터를 받아 집에서 편집 작업을 하고 있어서 평소에 여기 올 일은 없지만… 그래도 한 번쯤 촬영 현장을 보고 싶었어요. 이즈미 씨가 '환영의 낙원 - 꽃놀이'의 첫 번째 코너인 디지털 꽃을 아주 칭찬하셨다고 매니저님께 들었어요."

"네."

"그거 제가 만든 거예요."

"…하지만 그 전시회는 Y—클래식 분들이 기획하신 거 아닌가요?"

"네, 맞아요. 보안 사항이긴 하지만, 저의 센스를 높이 사주셨던 분이 일본에서 하는 이벤트에 참여해 보지 않겠느냐는 제안을 해 주셔서, 디지털 꽃을 제작해 보여드렸더니 그대로 한 구간을 내주셨어요…. 그 디지털 꽃은 사실 IDOLiSH7 여러분을 이미지화해서 만든 거예요. 뿌리는 하나지만, 각자의 색으로 꽃을 피우는, 환상의 꽃. 그런데 IDOLiSH7 여러분들이 그걸 보러 와 주시고, 특히 이즈미 씨가 칭찬해 주셨다는 이야기를 듣고 정말 감격했어요."

남자는 열의를 다해 말했다.

"정말 격려가 되는 말이었어요. 사실 IDOLiSH7의 길거리 비바람 공연을 보고 팬이 됐거든요."

"네?"

"정말 두근거렸어요. 노래도 춤도 너무 즐거운 듯, 진심으로 우리에게 전해주려 하는 느낌이. 그때까지는 IDOLiSH7이라는 그룹을 몰랐거든요. 그 동영상을 보고 팬이 됐어요."

"……감사합니다."

그는 부끄러운 듯 웃었다. 동경하는 누군가에게 좋아하는 마음을 전할 때의 표정이다.

꾸밈없는 순수함으로 말하는 호의가 너무 기뻤던 이오리는 가슴이 몽글거리며 벅차올랐다.

"그 비바람 동영상을 보기 전에 Y—클래식에서 학교를 그만두고 함께 작업해 보지 않겠냐는 이야기가 있었어요. 그와는 별개로 이번에 만든 것과 비슷한 느낌의 영상을 만들어 달라는 기업의 의뢰도 있었고요. 회사에 들어갈지, 프리랜서로 남을지, 계속 고민 중이었어요."

"………"

"저 같은 아마추어의 영상을 보고 기업이 스카우트 제의를 하다니, 현대판 신데렐라? 아, 아닌가? 어쨌든, 분명 행운의 기회인데 학교를 그만두고 그룹에 들어가야 하나, 하지만, 그럼 일본을 떠나서 지내야 하는데 그건 안 될 것 같고, 그런데 또 이게 다시 없을 기회라는 건 알고 있었으니까요. 계속 고민하다가 그래도 여기서 한 발 앞으로 나아가 볼지 생각하던 중에 이것도 인연이라면 인연인데 작품을 하나 만들어 보라는 제안에 만들어 본 것을 이오리 씨가 칭찬했다는 말을 들으니 너무나 감격스러워요."

그래서, 라며 감사의 마음을 담은 진지한 눈빛으로 그가 말을 이어간다.

"저는 저의 꿈을 향해 나아가려고 해요. ⋯아, 죄송해요. 갑자기 들어와서 제 이야기만 하고. 뭔가⋯ 정말 너무 기뻐서, 그래서 이즈미 씨에게 꼭 직접 이야기하고 싶었어요, 아, 갑자기 창피해지네요."

우물쭈물 당황한 듯 얼굴이 빨개진다.

"아니요, 그렇게 말씀해 주시니 제가 더 힘을 얻었어요. 감사합니다. 저희의 팬이라고 해서 드리는 말씀은 아닙니다. 저도 진심을 담아 말씀드릴게요. 당신의 작품은 최고예요."

이오리는 진심을 담아 말했다.

가슴이 뜨거워진다.

우리들의 진심이 인터넷 너머의 사람들에게 전해졌다. 꿈과 희망과 사랑. 즐거운 기분, 노래와 춤, 그리고 영상으로 즐거움을 전하자. 활기를 전하자.

IDOLiSH7에게 용기를 얻는 그 누군가가 분명 일본, 아니 어쩌면 전 세계의 인터넷 너머에서 가슴을 두근거리며 우리의 영상을 보고 있다.

사람과 사람의 마음이 이어지는 것을 직접 피부로 느끼면서 이오리도 감격에 젖었다.

"당신이라면 꿈을 꼭 이룰 거예요."

자신들도 이제 달리기 시작했다.

"감사합니다."

그가 손을 내밀었다. 이오리는 그의 손을 쥐고, 머리를 숙였다.

감사를 전하고 싶은 건 이오리였다.

IDOLiSH7의 진심을, 열정을 알아봐 줘서 고맙다고.

촬영은 즐거운 분위기 속에서 계속되고 있었다.

웹 프로그램에 대한 소식이 입소문을 타고 퍼져, 시청률이 상승곡선을 그리며 쭉 뻗어 나갔다는 이야기를 들은 IDOLiSH7 멤버들은 '좀 더 재미있게' 하기 위해 노력 중이다.

—개성파 아이돌!

—너무 재미있어서 엄마한테도 추천했더니 이젠 엄마가 더 빠져들었어요. 엄마와 딸이 함께 다음 편을 기다려요.

—TV에서 노래하는 거 봤어요. '아이나나 학원'에 출연하는 사람들은 노래를 왜 이렇게 잘해~라고 생각했는데, 사실 그들은 아이돌이 본업.

—너무 다른 모습에 심쿵.

특히 화제가 된 건, 촬영 후 멤버 전원이 하는 토크 부분과 미니 드라마 '아이나나 학원' 이었다.

이야기의 전개를 알 수 없다는 것이 재미의 한 요소인 것 같다. 출연자들도 이야기의 전개가 어떻게 진행될지 모르는 까닭

에 현장감이 가미되어 독특한 분위기를 자아내고 있기 때문이다.

적대시하며 싸우는 리쿠와 소고를 보고 갑자기 '왜 싸우는 거야, 사이가 나쁜 건 싫어.'라며 화를 내는 타마키라든가. 상대를 매도하며 '너를 적으로서 평생 증오하겠다.'라고 하는 리쿠한테 냉담하게 '나나세 씨, 조금도 미워하는 것처럼 보이지 않아요. 좀 더 증오심을 담아서 해주세요.'라며 한 방 먹이는 이오리 등, 일련의 해프닝이나 애드리브를 그대로 드라마에 사용하고 있었다.

계속 반복하는 사이에 리쿠의 '증오'는 어느샌가 단골 소재가 되어 대사에서 많이 쓰이게 되었다. 하지만 아무리 늘어나도 리쿠는 '증오'를 실감 나게 표현하지 못해 모두를 웃게 했다.

그런 이유로, 연기를 못하고 실제 모습의 리쿠가 나와서 멤버들이 그걸 살려 대답하는 장면들이 특히 우습게 편집되었다.

의도하지 않았던 유쾌한 장면이 나오거나, 생각지도 않은 명장면으로 바뀌어 감동을 주는 경우도 있었다.

애드리브 장면이 사용되는 건 미츠키였다. 미츠키는 드라마에서 리쿠가 동경하는 선생님으로 나오기 때문에, 리쿠와 함께

하며 리쿠의 뒤를 받쳐주는 연기가 많은 것과 동시에 센스가 좋았다. 흐름상 재미있을 것 같은 방향으로 미츠키가 대담하게 대사를 바꿔버리고, 이게 드라마 흐름에 포인트가 되기도 한다. 이즈미 미츠키라는 아이돌의 토크를 적절하게 끊어가고 이어가는 능숙함, 그리고 빠른 두뇌 회전, 이러한 것들을 스태프나 멤버들에게 짧은 시간에 각인시켰다.

연기에 대해 이런저런 말들이 많았던 시청자들은 야마토의 연기에는 입을 다물었다. 야마토가 화면에 등장하는 그것만으로도 분위기가 확 바뀌었다. 교복을 입으면 고등학생으로, 흰 가운을 입으면 잘생긴 보건 의사로, 그야말로 팔색조였다. 대본이 촬영 직전에 전해지며, 전편과는 완전히 다른 사람처럼 보이는 요소가 플러스 되어도 야마토는 어떻게든 그것을 연기에 녹여내며, 그 역할을 완벽하게 연기했다.

다음으로 연기를 잘하는 것은 소고였다. 평소 소고의 이미지와는 정반대인 열혈 선생님을 연기하거나, 냉혹하고 무자비하거나, 츤데레이거나, 이 모든 것들을 성실하게 연기한 결과, 유일무이하게 불가사의한 비단벌레처럼 빛을 발하는 캐릭터로서 드라마를 이끌어 갔다.

나기는 그 모습 그대로 비춰졌다. 나기의 움직임은 하나하나가 아름답고 기품이 있었다. 말만 하지 않으면 누구라도 빠져들 만한 그의 자태. 나기도 드라마에선 이 매력으로 밀고 나갔다. 괴상하리만큼 수수께끼에 싸인 에이전트이며, 일곱 개의 힘을 숨긴 개조한 분필 모양의 야광봉을 즐거운 듯 흔들며, 마지막에는 전력으로 아이돌 팬들의 춤을 보여줬다. 파격적인 나기의 모습은 시청자들을 매료시킬 만했다.

타마키는 의외로 애드리브를 하거나 대본을 변형시키지는 않았다. 대본을 다 이해하지 못한 채 촬영에 임해도 멋진 모습이 나와 그대로 사용되는 경우가 많았다. 긴 팔다리를 이용한 액션이 명장면으로, 여자들 뿐만 아니라 의외로 남자들에게도 인기가 높다는 이야기도 들린다. 남자들에게 '닮고 싶은 얼굴 순위'를 물은 결과, 10대들 사이에서 득표율이 높아 톱10에 오르기도 했다.

이오리는 이제 제대로 미니 드라마를 즐기고 있다.

즐거움이 전해진다.

진심 또한 전해진다.

이젠 멤버들을 믿고, 즐겁게 연기하면 된다.

●아이나나 학원 최종화 대본

장소·············어둠의 지배 아래에 있는 미궁세계.

　　　　　　　디지털 아트로 만들어진 일곱가지

　　　　　　　빛깔의 꽃이 피어있다.

멤버 전원.

미츠키는 인질이 되어 있다. 구출하는 리쿠, 나기, 타마키 와 세뇌가 풀린 이오리.

대결하는 것은 어둠의 지배자 야마토와 그의 지배 아래에 있는 소고.

　　　리쿠　　"나는 어둠을 증오해! 너희들의 어둠을

　　　　　　　증오해! 나의 사랑의 힘으로

　　　　　　　모든 증오를 태워 없애버릴 거야!

　　　　　　　나는 너를- 용서치 않아!!"

　　　야마토　"사랑? 사랑따위 나는 믿지 않아.

　　　　　　　로봇인 너 따위가 사랑 같은 걸 알리 없어."

야마토가 크게 웃는다.

　　　리쿠　　"알고 있어!"

아먀토 "그래? 그럼 그 사랑의 힘을 한번
보여주는 건 어때? 이 세상에서 가장
나약하고 믿을 게 못 되는 것, 그것이
사랑이야. 그런 하찮은 힘으로
나를 쓰러뜨릴수는 없어."

리쿠 "쓰러뜨릴 수 있어!!"

나기 "쓰러뜨릴 수 있어요. 사랑의 힘은
무엇보다도 강하니까요. 우리들의 무기는
언제나 증오가 아닌 사랑이니까요."

타마키 "그래. 쓰러뜨릴 수 있어.
사실 난, 너희를 쓰러뜨리고 싶지 않지만."

타마키는 소고를 향해 말했다.

소고 "너와는 언젠가 결판을 내지 않으면
안 되는 운명인가 보군. 좋아, 덤벼."

소고는 냉혹한 웃음을 지으며, 가슴 안쪽에서 죽도를 꺼낸
다. 그때, 가슴에서 나온 박쥐도 함께 날아오른다.

타마키는 박쥐에 둘러싸여 앞이 보이지 않는다. 그 틈을
타서 소고가 공격한다.

> **미츠키** "위험해!"
>
> 미츠키는 타마키를 보호하기 위해 타마키의 앞을 가로막
> 으며 섰다.
>
> 박쥐들이 사라지자, 그곳에는 쓰러져 있는 미츠키와 눈앞
> 에 들이댄 십자가 때문에 두 눈을 감싸 안고 괴로워하는
> 소고가 있다. 놀란 타마키는 미츠키를 안아 일으켰다.
>
> **타마키** "미츠키 선생님, 도대체 왜."
>
> **미츠키** "이제 나도 진정한 선생님이 된 거야.
> 학생에게 계속 구출되는 선생님이라니
> 체면이 말이 아니잖아."
>
> 소고는 십자가를 뿌리쳤다.
>
> **소고** "이런 게 너희들의 사랑?!
> 사랑이라는 게 이 정도란 말이야?!"

어두운 스튜디오에 여러 색채의 꽃이 피어 있다.

미니 드라마 최종회의 배경으로 '환영의 낙원–꽃놀이'의 디지
털 꽃을 사용해 달라는 요청이 있었다. 예산과 기자재 등 스튜

디오 사정상 터치식 감지 센서는 설치 못 했지만, 이벤트 회장에서 보았던 아름다운 꽃들은 그대로 흐드러지게 피어 있었다.

대본대로 연기하고 있는 리쿠의 대사를 가로채 야마토가 말했다.

당황하면서도 어떻게든 연기를 해보려는 리쿠였지만, 나기가 그 흐름을 끊어버렸다.

"우리 노래할까요?"

"뭐?! 노래?"

리쿠가 큰 눈을 깜빡이며 어안이 벙벙한 표정을 지었다.

"네. 왜냐하면 우리는 IDOLiSH7이니까요. 컴 온, 뮤직!!"

딱!하고 나기가 손가락을 튕겨 소리를 냈다.

음악이 흘러나왔다.

그리고—

갑자기 흘러나오는 음악에 맞추어 IDOLiSH7은 노래하고, 춤을 췄다.

정말 끝까지 나기는 대본을 마음대로 바꾸며 스태프들을 당황시켰다.

나기가 시작한 것임을 아는 미츠키는 자신들의 노래의 인트

로 부분이 흘러나오는 순간 나기를 바라봤다. 나기는 윙크로
대답했다.

이런 해프닝이라면 나무랄 데가 없다. 미리 알려줬더라면 오
히려 더 좋았을 거라고 생각했다. 미츠키는 마이크를 건네받고
카메라 바로 앞에서 춤을 추기 시작했다.

그 이후는 미리 맞춰보지 않았음에도 놀랄 정도로 자연스럽
게 흘러갔다.

리쿠와 이오리가 웃음을 교환하고, 서로 스치며 하이터치를
하며 빙글 턴을 했다.

타마키와 소고의 노랫소리가 아름답게 겹치며, 듣고 있는 모
두의 마음을 설레게 했다.

분위기를 타고 있던 타마키는 평소보다 큰 동작으로 춤을 추
며 간주 중에는 백턴까지 선보였다.

대담하게 춤을 추는 타마키와, 기품 있는 춤을 추는 소고의
사이로 야마토가 들어왔다. 한 손을 흔들어 보인다. 부드럽지
만 힘 있는 그의 움직임은 말하지 않아도 '형님은 못 하겠어.
너희 적들끼리 미리 짠 계획이지?'라는 의미임을 멤버들은 알
았다.

나기는 아이돌 오타쿠의 겉옷을 입은 채 허리에는 야광봉을 걸고, 여전히 잘생김을 무기로 노래하고 있었다. 나기에게 야마토는 '어이, 어이'라는 제스처로 끊어보려 했다. 하지만 나기는 전혀 신경 쓰지 않고 여자 스태프들을 향해 손키스를 날렸다.

웃음과 환호성으로 대답해 준다.

노래지만 드라마.

드라마지만 노래.

"IDOLiSH7 최고!!"

스태프들도 호응하며 모두 웃는 얼굴이 된다.

음악에 맞추어 몸을 흔들며, 카메라맨들도 리듬을 타고 있다.

어디까지라도 울려 퍼질 듯한 리쿠의 노랫소리에 맞추는 듯, 등 뒤의 디지털 꽃이 반짝반짝 빛났다.

미츠키는 리쿠의 노랫소리에 생각했다.

―'어쩌면 우리 노래로 세상을 구할 수 있을지도?'라고.

최선을 다해 만들고 있는 미니 드라마의 최종회, 아직 신인 아이돌 그룹이지만 그곳에 있는 사람들을 따뜻하게 응원해 주고 있었다.

노래가 끝난 후, 미츠키는 주먹을 들어 올리며 소리쳤다.

"정말 너무 좋아!! 우리 멤버들 최고!! 여기 있는 여러분 모두 최고!! 고마워!!"

"—컷!!"

한 박자를 두고, 감독의 목소리가 스튜디오에 울려 퍼졌다.

환상의 아름다운 꽃들을 배경으로 IDOLiSH7이 화려하게 피어오른다.

하나의 뿌리에서 여러 가지 색깔의 꽃잎이 자라서 빛나는, 환상의 꽃을 닮은, 화면 속에서 살아가며 사람들의 시선을 사로잡고, 마음에 활력을 불어 넣어 주는 '아이돌'이라는 존재.

즐거움을 마음에 품은 채, 사랑과 희망과 꿈을 전해주려 그들은 노래한다.

—전해지나요?

말하지 않아도 모두 같은 감정이라는 것을 알고 있다.

뮤지컬까지는 아니지만, 그렇다고 정극 드라마도 아닌, 미니 드라마는 전설의 영상으로서 사람들의 기억 속에 남아 있다.

〈END〉

아이나나 학원
스페셜 드라마 번외편

~TRG 학원~

이음새가 없는 하얀 롤 페이퍼를 배경으로 조명이 깜빡거리고 있다.

공간을 자르는 가윗날 소리처럼 스튜디오에는 카메라 셔터 소리만이 울려 퍼진다. 카메라맨은 렌즈 너머에 있는 피사체를 뚫어져라 응시하고 있다.

이곳의 분위기를 지배하고 있는 것은 카메라맨이 아닌, 카메라 앞에 서 있는 세 명의 남자들이었다.

TRIGGER—일본을 매료시킨 남자 아이돌 그룹의 멤버들.

그라비아 사진 촬영 중이다. 스튜디오는 빛과 그림자로만 이루어진 모노톤이다. 심플한 하얀 셔츠와 검은색 바지를 입은 멤버들이 자유롭게 포즈를 취하고 있다. 강렬한 플래시 라이트를 부드럽게 하기 위한 소프트 박스가 장착되어, 빛이 퍼져간다.

쿠죠 텐의 아직 소년다움이 남아 있는 손목에 라이트가 반사된다. 들여다보면 꿈을 꾸는 듯이 부드럽게 젖어 있는 눈동자가 시선을 돌리고, 긴 앞머리를 쓸어올리며 가볍게 위를 본다. 가늘고 하얀 목덜미가 뒤로 젖혀진다.

그 왼쪽에 서 있는 것은 야오토메 가쿠. 카메라맨을 도발하

TRIGGER

는 듯 바라보는 눈빛은 강렬하지만 즐거운 듯 보인다. '안기고 싶은 남자 No.1'인 가쿠의 존재감은 압도적이고, 그가 있는 것만으로 공기가 팽팽해진다.

텐을 감싸 안듯 가쿠의 반대쪽에 서 있는 것은 츠나시 류노스케. 포즈를 취할 때마다 셔츠의 앞이 벌어져 탄력 있는 가슴 근육이 보인다. 섹시함을 겸비한 남성미를 띠는 얼굴은 말할 것도 없고, 순간순간 보이는 자연스러운 표정이 그의 매력 중 하나다. 미소 짓는 얼굴을 보면 어느새 보는 사람까지 웃는 얼굴이 되고 만다. 기품 있고 매력적인 섹시함.

쉬지 않고 연신 셔터를 누르던 카메라맨이 조수에게 무언가를 지시한다.

"─음악 틀어봐."

팽팽하게 긴장되어 있던 공기를 깨트리듯 흘러나온 건 TRIGGER의 신곡이다. 저음이 바닥을 울리며 흐른다. 경쾌한 비트에 류노스케와 가쿠의 몸이 반응했다. 서로를 바라보자 웃음이 번진다.

"이번에는 평소 모습을 찍어볼까요? 녹음할 때나 라이브 이벤트 중간중간, 자연스러운 여러분들의 모습을 보여 주세요.

음악에 맞춰서 편안한 느낌으로 부탁드려요."

그때까지는 음악에 반응하지 않던 텐이 아름다운 눈을 천천히 깜빡인다.

카메라맨의 말에 텐이 전과는 다른 분위기를 자아냈다. 손끝으로 리듬을 타는 텐의 움직임을 보던 가쿠는 입꼬리에 미소가 번진다.

"녹음하거나 라이브 중간에 우리 꽤 살벌한 분위기잖아. 그렇지? 센터의 누구 씨."

가깝게 있는 세 명에게만 들릴만한 아주 작은 목소리다. 스튜디오에 있는 스태프들에게는 TRIGGER의 화기애애한 모습만이 보인다. 텐은 얼굴에 미소를 띤 채, 가쿠를 천진난만하게 올려다본다.

"살벌했던 기억은 없는데? 게다가 카메라맨은 아이돌 'TRIGGER'의 완벽한 퍼포먼스를 원하고 있잖아. 프로라면 대중들이 보고 싶어 하는 우리들의 모습을 연기해."

TRIGGER의 센터는 겉모습만 천사 같고 성격은 절대 아닌, 입만 열면 멤버 누구보다도 신랄한 의견을 내놓는다. 철저하게 프로페셔널하게 보여야 한다는 이유로 자신은 물론 멤버들에

TRIGGER

게도 엄격한, 프로 의식 위에 천사의 달콤함을 입은 쿠죠 텐이다.

"—이중인격, 망할 자식."

가쿠가 말했다. 가쿠는 텐과 정반대로 팬들에겐 거짓말을 하고 싶지 않으므로, 그때그때 있는 그대로의 모습을 보이는 것이 프로 의식이라고 주장한다.

거기에 텐은 웃는 얼굴로 가쿠를 흘겨본다. 소악마와 천사의 합체 버전이다.

류노스케는 늘 있는 둘의 대화에 텐과 가쿠의 얼굴을 비교해 본다.

"이제 그만해, 둘 다."

둘 사이를 끼어들던 류노스케의 몸이 중심을 잃고 텐의 어깨에 살짝 닿았다.

"아… 미안."

미안하다고 말하는 류노스케와 텐의 시선이 교차했다.

"나는 프로 아이돌로서 있고 싶은 것뿐이야. 어떤 상황에서라도."

가쿠는 대답 없이 음악에 맞추어 빙글 턴을 돌았다. '알고 있어, 그 정도는.'이라고 소리 내 말은 안 했지만, 가쿠도 텐은 진정한 아이돌이라는 것을 충분히 알고 있다.

셔츠의 소매가 젖혀지고, 카메라 셔터 소리는 계속된다. 텐도 발꿈치로 리듬을 타고 있다. 탄력 있는 몸은 지금이라도 춤을 추기 시작할 것 같다.

"평소의 우리를 보여주자."

부추기는 듯한 가쿠의 말에 류노스케의 몸이 근질거린다.

텐이 웃음을 머금은 채, 살짝 한쪽 발을 끌었다. 이끌리듯 류노스케의 발도 한 발짝 옆으로 슬라이드 한다.

시작 신호 같은 건 필요 없다. 음악이 있다면 그곳이 어디든, 이 멤버들이라면 항상 최고의 텐션으로 춤을 출 수 있다.

그 후에는 말이 필요 없었다. TRIGGER의 노래가 흐른다. 방금 전까지의 촬영의 긴장감이 화약처럼 방안을 가득 메우고 있다. 음악에 이끌려 기분이 좋아진다.

평소의 TRIGGER다운 모습이 보고 싶다고?

그럼 이거야말로 평소의 TRIGGER다. 원하는 만큼 찍고, 보여주면 돼.

카메라 셔터음이 끊임없이 울린다.

TRIGGER

"수고하셨습니다. 정말 좋은 사진을 찍었어요. 저희 정말 기대하고 있어요!! 특히 마지막 댄스 샷. 역시 TRIGGER의 춤은 최고예요. 이런 멋진 사진을 찍을 수 있다니."

카메라맨과 조수, 스태프들까지 모두 감동했다고 입을 모은다.

"저희 노래를 준비해 주신 덕분이죠. 바닥도, 구두도, 춤추기 좋은 상태였고요. 무엇보다도 오디오 음향이 좋았어요. 기분 좋은 울림이었거든요."

가쿠가 기분 좋게 대답했다. 이럴 때 가쿠는 완벽하게 대처한다. 자유분방한 듯 보이지만, 사실 이유 없이 고집을 부리지는 않는다. 가쿠는 언제나 합리적이다. 상대방이 여러 방면으로 애를 써주면 그 이상으로 열심히 갚으려 노력한다.

"다행이에요. 저, TRIGGER의 팬인데, 최고의 TRIGGER 분들을 보고 싶어서 정말 열심히 준비했거든요."

"고마워요."

세 명 모두 웃는 얼굴이 된다. 스태프들도 머리를 숙였다.

기분 좋게 일을 마치고 스튜디오에서 철수했다. 의상을 갈아입기 위해 대기실에 가니 매니저가 기다리고 있었다.

"옷 갈아입어야 하니까 잠깐 나가줘."

가쿠는 매니저에게 나가달라고 딱 잘라 말했다. TRIGGER의 매니저는 배려심이 아주 깊다. 무의미하게 대기실이나 분장실에 계속 있는 일이 없다. 가끔 가쿠는 매니저가 불편할 때가 있다. 하고 싶은 일을 못 하게 하거나, 이런저런 일을 간섭하는 걸 가쿠는 아주 싫어한다.

"그래, 알았어. 그런데 아까 촬영 들어가기 전에 일이 하나 잡혔어. '아이나나 학원'의 스페셜 드라마—'TRG 학원'에 게스트로 나가게 됐거든."

텐과 가쿠, 류노스케는 서로의 얼굴을 바라봤다.

아이나나 학원—.

IDOLiSH7의 멤버들이 하는 인터넷상의 프로그램 중 한 코너인 미니 드라마의 타이틀이다. 형식도 내용도 파격적이지만, 세련된 영상미까지 더해져 사람들 사이에서 화제가 되어 시청률이 계속 높아지고 있다고 들었다. 바로 얼마 전에 호평 속에 최종화를 마쳤다고 했다.

"그 말도 안 되는 프로그램의 스페셜 드라마? 진심이야?"

텐이 회의적으로 묻는다.

TRIGGER

"진심이야. 물론 너희들의 이미지를 해치는 내용으로는 하지 말아 달라고 이미 단단히 못 박아 이야기해 뒀어. 스페셜판은 제대로 된 학원물로 제작하겠다고 했대. 그래서 사장님도 허락하셨고. 너희들은 '아이나나 학원' 옆에 있는 'TRG 학원'에 소속되어 있는 두 명의 선생님과 선도부원 역."

"오~ 그 드라마 재미있었는데. 이상하게 끌리는 뭔가가 있었지. 계속 클라이막스 같은 전개였고, 최종화까지 그 분위기로 쭉 가서 재미있었어."

"응, 괜찮았어. 그런데 막 웃으며 보다가도 감동적이어서 눈물이 나는 장면도 있었잖아. 난 매회 다 봤어. 출연할 수 있다니 정말 기대돼."

가쿠와 류노스케의 이야기를 들으며 텐은 표정이 안 좋아진다. 두 사람은 출연에 적극 찬성인 듯 보이지만 텐은 아니다.

"내가 선도부원? 스페셜은 무대가 다른 학원이라는 거지?"

다음 스케줄 시간이 거의 다 됐다. 시계를 흘깃 본 후, 텐이 의상의 단추를 채웠다.

"응, 대본은 사무실로 가져다주기로 했어. 촬영 일정은 나중에 메시지로 보내놓을 테니 확인 부탁해. 그럼 차에서 기다릴

게."

매니저가 방에서 나갔다.

"그런 일을 아버지가 잘도 허락을 했네."

옷을 빠르게 갈아입은 가쿠가 말했다. 야오토메 프로덕션의 사장은, 가쿠의 아버지다. 실력자로 업계에 잘 알려져 있다. 아이돌로서 TRIGGER의 이미지를 손상시키는 일을 받거나 하지는 않는다.

"신난다. 사실 드라마 보면서 촬영 현장 분위기가 어떨지 내심 궁금했었거든. IDOLiSH7 멤버들이랑 함께 한다니, 엄청 기대돼."

류노스케가 입가에 웃음을 띤다.

●아이나나 학원 스페셜 드라마

~특별 출연! TRG 학원~ 대본

장소·············호텔의 객실

독사 텐·········(TRG 학원의 선도부원이자

에이전트)•쿠죠 텐

건반의 가쿠…(TRG 학원의 음악 선생님이자

에이전트)・야오토메 가쿠

돌려차기의 류………(TRG 학원의 일본사 선생님이자

에이전트)・츠나시 류노스케

나기…………(어둠의 힘과 싸우는 에이전트)・로쿠야

나기

호텔의 한 객실. 검은 슈트를 입고 의자에 앉아 있는 에이

전트 나기.

TRIGGER 멤버 세 명이 문을 열고 들어온다. 서로 마주 본

다.

　　　나기　"어서 오게. 에이전트 제군."

양팔을 벌려 환영한다.

　　　가쿠　"우리를 소환하다니, 10년 만이군."

　　　류　"너무 시시한 사건은 아니겠지."

　　　텐　"이야기를 들어보고 시시하다면 이대로

돌아갈 거야."

　　　나기　"여전한 것 같네. 당신들 전설의

> 에이전트를 부른 이유는 다름이 아닌,
> 예전부터 어둠과 빛의 싸움이 계속되고
> 있는 성지·아이나나 학원에서 사건이
> 일어났기 때문이다.
> 그 사건은— '건강검진의 비극'!!"

TRIGGER의 스케줄은 완성 직전의 퍼즐처럼 빈틈없이 채워져 있다.

촬영을 위해 스튜디오에 들어간 텐은 소품들을 꼼꼼하게 점검해 가며 중얼거렸다.

"⋯⋯'건강검진의 비극'이라."

대본은 미리 사무실에 도착해 있었다. 처음 TRIGGER 멤버들이 함께 대본을 읽었을 때, 텐은 어이가 없었고, 가쿠는 폭소, 류노스케는 눈을 반짝거렸다. 제대로 된 학원물을 만든다는 처음의 의지 표명은 어디론가 사라져 버렸고, 스페셜 드라마는 기발한 설정이 잔뜩 들어간 액션극으로 변해있었다.

"사건명이 좀 그렇긴 하지만, 액션 장면도 많고, 연출도

TRIGGER

TRIGGER다운 장면을 만들어 준다고 했으니까 괜찮은 거 아니야?"

　액션 장면에서 쓰일 와이어를 가쿠는 열심히 당겨도 보고, 이리저리 안전한지 점검하고 있었다. 와이어 액션을 하는 것은 류노스케이고, 촬영은 아직 멀었지만 그래도 신경이 쓰이는 모양이다.

　하지만 정작 당사자인 류노스케는 액션 장면이 아닌 다른 부분의 연기에 대해 걱정 중이었다.

　"어둠의 힘으로 학원을 지배하려고 하는 보건 의사 야마토 군이 건강 진단을 이용해 리쿠 군, 타마키 군, 미츠키 군을 세뇌해서 겉모습만 그대로일 뿐 내면은 세 살 아이가 돼 버린다는 건데… 나, 모두를 꼬마 취급하면서 연기 할 수 있을까?"

　"괜찮지 않아? 오히려 그들은 그걸 연기 할 필요가 없을 것 같은데? 늘 하던 대로 하면 될 거야."

　텐이 또 독설을 한다.

　"늘 하던 대로."

　류노스케가 다시 고민을 시작했다.

　'아이나나 학원'과 같은 분위기를 추구하며, 전편까지의 드라마 설정을 살린 대본이 엉뚱하긴 하지만 매력적인 부분이 있었다. 이렇게까지 비정상적인 내용은 텐을 포함한 TRIGGER 멤버들에겐 새로운 장르였다.

해본 적 없는 것에 도전해 보는 건 즐거운 일이다. 기대 이상의 작품으로 보여 주자는 결심을 말로 하진 않았지만 멤버들 모두 생각했다.

입구 문이 열리며 '좋은 아침입니다.'라는 소리가 들렸다. 북적거리는 소리와 함께 IDOLiSH7 멤버들이 들어왔다.

제일 먼저 들어온 건 IDOLiSH7의 리쿠였다. 기대에 찬 모습으로 스튜디오 안을 서성거리다 텐의 모습을 발견하고는 만면에 미소를 띠며, 제일 좋아하는 주인을 만난 강아지처럼 한걸음에 달려왔다.

"아, 텐…!이 아니라 텐션이 좋아야 할 텐데. 저기…."

"안녕하세요. 나나세 씨. 스튜디오 안에서 막 뛰어다니지 마세요. 소품도 많으니 조심해요."

차가운 텐의 주의를 듣고 리쿠는 풀이 죽어 어깨를 늘어뜨렸다.

"안녕하세요. TRIGGER 여러분, 먼저 스튜디오에 와 계셨네

TRIGGER

요. 인사드리러 분장실에 갔었는데 아무도 안 계셔서 이쪽으로 왔습니다. 오늘 잘 부탁드립니다."

리쿠의 뒤에 오던 이오리가 텐을 보고 정중하게 말했다. 예의를 갖춰 나무랄 데 없는 태도다. 하지만 텐을 바라보는 눈빛에 웃음기는 전혀 없다.

"우리야말로 오늘 잘 부탁해. 너희들과 함께 연기하는 거 기대하고 있었어."

"네? 기대하셨다고요? 저도 오늘 너무 설레요."

축 처져있던 리쿠의 표정이 밝아졌다. 감정이 얼굴에 다 드러난다.

"그렇게 얘기해주다니 영광이야."

류노스케가 말했다.

"츠나시 씨… 영광이라니 말도 안 돼요. TRIGGER 여러분께 폐가 되는 일이 없도록 열심히 하겠습니다. 연기나 액션, 모두 아직 미숙한 점이 많으니, 여러모로 지도해 주시면 감사하겠습니다."

소고가 허리를 꼿꼿이 세운 바른 자세로 정면에 서서 예의 바르게 인사 했다. 소고는 TRIGGER의 팬이므로 엄청 긴장하고 있었다.

긴장해서 딱딱하게 굳어 있는 소고가 곤란한 듯 류노스케는 머리를 쓸어 올렸다. 사실은 어떻게 하면 소고의 긴장을 풀어 줄 수 있을까 고민 중이지만— 침묵하고 있는 류노스케의 모습은 어째서인지 늘 풍기는 어른스러운 분위기로 바뀌어 있었다. 본인이 의도한 바는 아니지만 보는 사람은 어쩔 수 없이 빠져들 수밖에 없다.

"안녕하심까."

타마키가 꾸뻑 고개를 숙인다. 그걸 본 소고는 인상이 찌푸려졌다.

"타마키 군, 인사 제대로 해."

"인사했어…. 제대로 말하면서 들어왔고, 그래서 지금 안녕하심까라고 한 건데."

타마키가 입술을 삐죽 내민다. 어른스러운 외모의 타마키가 가끔 또래 아이들의 표정을 보이면, 동생이 있는 류노스케는 정겨운 느낌이 들었다. 말로 할 수 없는 불만이 있거나 부끄러운 상황이 되면 아이들은 저렇게 태도로 나타난다.

"타마키 군, 안녕하심까. 잘 부탁해."

TRIGGER

류노스케가 웃으며 인사를 건네자 타마키의 표정이 한층 밝아진다. 소고가 의외라는 듯 눈을 크게 뜨고 얼굴을 붉히며,

"죄송해요. 어른스럽게 대응해 주셔서 정말 감사합니다. 저도 한 수 배웠어요."

라며 허리를 깊이 숙였다.

"아니야…"

어른스러운 대응, 그런 게 아닌데…라고 당황한 류노스케는 다시 머리를 쓸어 올렸다. 뭔가 할 말을 찾지 못해 침묵한다.

"감삼다. 저도 한 수 배우겠습니다. 무섭지 않게, 잘 부탁드립니다."

야마토가 자연스럽게 마무리를 지었다. 말은 가볍게 했지만, 정중함을 잃지 않고 상대방에게 실례되지 않는 느낌이다. 장난스러운 것도 아니었다. 야마토는 이럴 때 분위기를 어색하지 않게 만드는 재주가 있다. 분위기를 읽고 자신들에게 나쁘지 않은 방향으로 이야기가 흘러가도록 하는 재주다. 어설픈 연기를 펼치는 연기자가, 필사의 연기로 그 자리를 모면하려 할 때 쓰는 방법일지도 모르겠다.

가쿠가 흥미롭다는 듯 야마토에게 물었다.

"니카이도, 오늘 촬영에 함께하는 장면은 없지만, 다음엔 나랑 액션 장면이 있지? 어떻게 연기 할 건지 생각해 둔 거 있어?"

"아, 건반의 가쿠……. 어떻게 연기할 건지 물어봐도 글쎄."

야마토는 안경 렌즈 너머의 눈을 깜빡였다.

"뭐야, 나 놀리는 거지?"

"아니, 아니, 아니. 놀리는 거 아니야. 우리 건반으로 싸워야 되잖아. 음악 선생님이어서 무기가 건반이니까. 그런 역할을 해야 된다고 생각하면 어떻게 해야되는지 고민 되는 게 당연해…… 오히려… 동정?"

마지막엔 진지해졌다. 말을 하며 야마토는 옆에 있던 미츠키를 바라봤다. 미츠키는 야마토의 말이 끝나기 무섭게 바로 이어서 말했다.

"아, 죄송해요. 스페셜 게스트로 출연해 주셔서 정말 감사합니다. 나기도 얼른 인사해."

그때까지 스튜디오에 있는 여자 스태프들에게 손키스와 윙크를 날리고 있던 나기를 미츠키는 가쿠와 류노스케 앞으로 데려왔다.

TRIGGER

"OH! 쏘리! 나의 아름다움에 대한 사죄를 말하는 건가요?'

"무슨 소리야. 스토리가 억지스러운 'TRG 학원'에 출연하게 한 사죄야."

미츠키와 나기의 대화에 텐이 냉정하게 딱 잘라 말했다.

"그만해. 우리가 선택해서 하기로 한 거야. 그러니까 사죄는 안 해도 돼. 일을 하기로 한 이상 최고의 작품을 만들면 되니까. 너희들도 그렇잖아?"

텐의 말이 무겁게 마음을 울렸다. 어딘지 모르게 붕 떠 있던 촬영 현장의 분위기도 정돈되는 듯했다. IDOLiSH7 멤버들도 모두 프로 의식으로 진지해졌다.

"저기, 나 진짜 기대 많이 했어."

가쿠가 미소를 띤 채, 야마토에게 말했다.

"맞아, 가쿠가 말한 대로야. 사죄는 필요없어. 그것보다 우리를 즐겁게 해줘."

이어서 류노스케가 낮은 목소리로 말하며 웃었다.

즐겁게 즐기고 싶다. 지금까지의 TRIGGER가 하지 않았던 일을 IDOLiSH7과 함께 만들어 갈 것이다.

새로운 것에 도전할 때의 고양되는 기분과 기대감이 류노스케의 목소리에 담겨 있다. 야성미를 가진 잘생긴 얼굴과 일을 할 때 묻어나오는 진지함에서 남자의 향기가 느껴진다.

그러자 미츠키와 소고의 얼굴이 상기됐다. 야마토는 시선을 돌려 텐을 바라봤다. 나기가 휘파람을 불었다. 리쿠는 어쩔 줄 몰라 고개를 숙였고, 이오리는 인상을 쓰며 입술을 깨물었다.

내가 이상한 말을 한 건가? 류노스케는 당황스러웠다. 무의식중에 실수를 한 건 아닌지 입술에 손을 댄 채 주위를 둘러봤다.

"우와. 류 형, 엄청 섹시해."

타마키가 말했다.

"어?"

"형님은 남자인데도 '안기고 싶다'라는 기분이 들 정도야…. 참고가 됐어요. 감사합니다."

야마토가 거들었다.

"……어?"

류노스케는 뭐가 섹시하다는 건지 전혀 몰랐다.

"어린 애들은 안 보는 게 나았을지도."

가쿠가 어깨를 으쓱하며 말했다.

TRIGGER

촬영이 시작됐다. 드라마의 도입 부분, 호텔의 한 객실에서 촬영하는 나기와의 대화 장면은 한 번에 OK 사인이 나왔다. 촬영은 순조롭게 진행됐고, 겉모습만 어른이고 내면은 3살 아이가 돼 버린 리쿠, 타마키, 미츠키가 등장하는 장면이다.

공원의 모래를 사용하는 장면이므로 모두 밖으로 이동했다.

TRG 학원의 세계관에 잘 적응할 수 있도록 스태프들이 설명을 하고 있다.

"첫 촬영이니만큼 스튜디오에서 먼저 촬영해 두거나, 야외 촬영분을 미리 찍는 건 안 한다고 하네."

가쿠가 먼 곳을 바라보며 말했다.

카메라가 돌아간다. 하지만 아직 연기는 시작하지 않았다. 연기 시작 전에 미세한 조정을 하는 시간이다. 'TRG 학원'도 기본적으로는 '아이나나 학원'과 마찬가지로 사용하지 않을 부분까지 포함해서 끊지 않고 한 번에 길게 촬영할 방침이다. 본 촬영이 아닐 때도 카메라는 계속 돌아가고, 멋진 장면이 나오면 편집으로 본편에 합치는 것이다.

"음, 처음 들었을 땐 굳이 그렇게까지 하지 않아도 될 것 같은데…라고 생각했지만, 지금은 그렇게 한 게 더 나았다 싶어.

뭘까? 저 아이들⋯."

류노스케가 팔짱을 끼고, 모래밭에서 무리 지어 있는 '리쿠와 타마키, 미츠키 그리고 텐'을 보면서 말했다.

"그러게 정말 뭘까? 저 녀석들 자연스럽게 꼬마 아이처럼 보여. 텐만 빼고."

모래밭에서 놀고 있는 전원이 밀짚모자를 쓰고 있다.

"미츠키는 가끔 힘들어서인지 본 모습이 나오긴 하지만."

텐은 모래밭에서 리쿠와 함께 산을 만들고 있다. 아무래도 화면에 모래 산이 보이도록 하는 게 필요했나 보다. 스태프들이 만들려고 하는 것을 보고 "우리가 만들게요."하고 미츠키가 솔선했다. 타마키와 리쿠가 미츠키한테 맞추어서 신나게 모래밭으로 모여들었다. 타마키에게 이끌려 텐도 함께 들어갔다.

모래를 산처럼 쌓는 것만 하는데도 리쿠는 계속 웃음이 나왔다.

"형, 산 만드는 거 재미있다."

리쿠는 해맑은 얼굴로 텐을 바라보며 쑥스러운 듯 웃었다.

"형이라니."

텐이 눈을 치켜떴지만, 분위기가 나빠지기 전에 미리 타마키

TRIGGER

가 둘 옆에 앉으며,

"텐텐 형, 나, 터널 파고 싶으니까 산 아주 많이 높게 해줘!"
라고 텐에게 말했다.

"……형? 아아, 너희들 내면이 3살 설정이어서……… 그렇게
부르는 거구나."

"음, 쿠죠… 형. 그래서 그런 거니까 미안."

조금 쑥스러운 듯 미츠키가 얼른 텐 옆으로 가서 쪼그려 앉
는다.

"괜찮아. 배역을 위해서라면 어쩔 수 없지. '달려라, 학교
POPS!'를 찍었을 때도 어린아이 역을 맡은 저 애들에게 적응
하려고 함께 있는 시간도 가졌었어. 그때 많이 배웠지."

'달려라, 학교 POPS!'는 예전에 텐이 IDOLiSH7 멤버들 중
어린아이 역을 맡은 멤버들과 함께 찍은 드라마다.

리쿠가 목을 움츠리고 작은 목소리로 "텐 형, 많이 배웠다니
정말이야?"라며 이름을 불렀다.

"…너, 왜 갑자기 이름으로 불러."

눈을 부릅뜬 미츠키에게 "아… 안 돼?"라며 당황해했다. 텐
이 대답하려고 입술을 뗀 순간,

"텐텐 형, 됐으니까 산 높이 해줘!"

타마키가 조르자,

"알았어, 산을 높이 만들면 되지? 자."

작은 삽으로 모래를 퍼서 산을 쌓아갔다. 텐은 아직 무언가 하고 싶은 말이 있는듯한 리쿠를 바라봤다.

"괜찮아. 이 촬영 중에는 '텐 형'이든 '텐텐 형'이든, 부르고 싶은 대로 불러."

"…텐 형."

리쿠는 중요한 마법 주문이라도 외우는 것처럼 살짝 불러본다. 그 말에 텐도 마음이 몽글몽글해지는 느낌이 들었다.

"뜨거운 태양 아래에서 마른 모래밭에 계속 있는 건 네 피부나 목에도 그다지 좋을 것 같지 않아. 촬영 빨리 끝내고 스튜디오로 들어가자."

"스튜디오에 들어가야 하는구나."

실망한 듯 리쿠가 말했다.

"촬영이 끝나면 말이야. 여기 물이 있는 게 좋을 것 같아. 물기가 있으면 모래가 잘 굳으니까."

일어서는 텐을 올려다보며 리쿠가 작은 소리로 불렀다.

TRIGGER

"…텐 형?"

"리쿠, 물 뜨러 갈 건데 같이 갈래?"

"응."

기다렸다는 듯 리쿠가 일어섰다. 정말 3살 아이처럼 보이는 움직임이다.

둘은 서로 마주 보고 웃는다.

리쿠와 텐은 플라스틱 양동이를 들고, 공원 음수대를 향해 나란히 걸어갔다. 두 사람의 그림자가 길게, 사이좋게 함께 했다.

둘이 물을 뜨러 간 사이에도 타마키와 미츠키는 열심히 산을 만들고 있었다.

하지만 갑자기 타마키가 삽으로 산 옆에 구멍을 내기 시작했다. 그 순간, 와르르 산의 꼭대기 부분이 무너졌다.

"그거… 아직 멀었다니까. 지금 쿠죠 형이랑 리쿠가 물 뜨러 갔잖아. 모래가 단단해질 때까지 기다려야지."

"괜찮을 줄 알았어."

"괜찮을 리가 없잖아."

"응, 파보니까 알았어. 밋키, 모래 한 번 더 많이 쌓아줘."

타마키는 다시 열심히 모래를 푹푹 퍼서 쌓아 올렸다.

"타마키는 정말 자기 마음대로구나…."

잠깐 배역을 잊어버리고 IDOLiSH7의 멤버인 미츠키가 되어 말했다.

계속 보고 있던 가쿠와 류노스케가 '풋'하고 웃음을 터뜨렸다. 웃음소리에 타마키가 고개를 들고 손을 흔들며 말했다.

"갓쿤 형도 류 형도 도와줘."

"나는 사양할게. 촬영하기 전까지는 나무 그늘에 있고 싶어."

한 손을 얼굴 옆에서 흔들며 말했다. 가쿠는 햇빛을 보면 피부가 바로 붉어지기 때문에 되도록 그늘에 있고 싶었다.

그건 텐도 마찬가지였다. 평소에는 최대한 햇빛을 피하려고 한다.

오늘은 특별히 3살 아이 역을 하는 세 명과 함께 모래밭에 나와 있지만.

"내가 도와주고 올게."

류노스케는 모래밭으로 걸어갔다. 미츠키와 타마키는 "신난다~."라고 소리치며 류노스케를 맞았다.

"오오, 류 형은 분명 커다란 산을 만들어 줄 거라 믿어."

TRIGGER

"뭐야, 타마키. 나도 만들 수 있어."

미츠키가 토라지듯 말했다.

"그럼 밋키도 힘내."

"너도! 또 산 무너뜨리지 마."

"아, 밋키, 말투가 3살 답지 않아."

"…윽, 지금은 본 촬영이 아니잖아."

"에이, 그런 게 어딨어."

웅크리고 앉아 모래를 파고 있는 모습이 딱 3살 아이다. 투닥거리거나, 서로 모래를 쌓으려고 하는 모습이 3살 아이로밖에 보이지 않는다.

"얼마나 큰 산이 만들고 싶은 거야? 타마키, 옆에 있는 플라스틱 양동이 줘 봐."

"응."

찔끔찔끔 장난감 삽으로 퍼 올리는 걸로는 어림없다는 건 알고 있다. 큰 산을 만들기 위해선 한 번에 크게 모래를 퍼 올려야 한다는 걸.

류노스케는 건네준 양동이로 모래를 파내고, 그 밑에 있는 젖은 모래를 펐다.

물이 든 양동이를 들고 온 텐과 리쿠는 류노스케가 함께 있는 걸 보고 눈이 동그래졌다.

"텐텐 형, 봐봐, 엄청나!"

타마키가 점점 커지고 있는 산을 가리키며 말했다.

"쿠죠 형, 츠나시 형이 공사를 시작했어!!"

미츠키도 신나서 외쳤다.

"맞아. 밋키, 이건 공사야."

활기찬 모래밭의 모습에 가쿠가 나무 그늘에서 고개를 숙이고 웃었다.

"텐, 내가 공사를 할 테니까, 텐은 가쿠랑 저쪽에 가서 좀 쉬어. 산이 완성되면 부를게."

햇빛 차단을 위한 준비는 확실하게 해서 얼굴은 괜찮아 보였지만, 계속 직사광선을 쬐면 텐은 햇빛 민감성 체질 때문에 힘들 수도 있기 때문이다.

리쿠가 걱정스러운 듯 텐을 봤다. 텐은 웃으며 대답했다.

"고마워, 아직 괜찮아."

"그보다 여기에 물 뿌려도 돼?"

"아, 잠깐 기다려 줘. 조금만 더 쌓고 나서 단단하게 하는 게

TRIGGER

좋을 것 같아."

계속 모래를 쌓아가는 류노스케를 보고 미츠키가 감탄하듯이 말했다.

"츠나시 형은 아빠 같아. 든든해."

"오, 맞아. 아빠 같은 형이야. 멋있어."

타마키와 미츠키가 한 손에 삽을 들고 서로 맞장구를 쳤다.

"그런가?"

류노스케는 천천히 산을 내려다보며 웃었다.

이마에는 땀이 흐른다. 류노스케 고향의 모래와는 느낌이 다르지만, 모래놀이를 하다 보니 그리움이 밀려온다. 친구들과 뛰어놀 거나, 동생을 위해서 모래성을 만들어 준 추억.

호텔 왕의 아들로서 도련님이면서, 섹시하고 와일드한 플레이보이. 기획사에서 만들어 준 전략적인 이미지보다 타마키와 미츠키가 눈을 반짝거리며 '아빠 같아, 멋있어.'라고 말해준 것이 훨씬 편하고 기쁘다.

"텐 형도 멋있어. 같이 양동이 들고, 물도 뜨러 가줬잖아. 아주 든든해."

리쿠가 지지 않겠다는 얼굴로 말했다.

"그래? 그런 일로 든든하다는 말을 들어도 아주 기쁘거나 하지는 않지만."

텐이 웃음 섞인 목소리로 말했다. 어떤 표정을 짓고 있는지는 밀짚모자에 가려져 잘 보이지 않는다. 고개를 숙인 얼굴에 희미한 미소가 번졌다.

"칭찬으로 들을게. 고마워, 리쿠."

"응."

끄덕끄덕하며 고개를 크게 움직인 탓에 머리에서 밀짚모자가 미끄러져 떨어졌다. 고개를 그렇게 끄덕이지 않아도 됐을 텐데, 3살 아이를 표현하려면 당연한 건지도 몰랐다.

너무 3살 아이다운 연기에 텐도 류노스케도 그들에게 맞추어 주지 않을 수 없었다.

"아아, 리쿠."

텐이 밀짚모자를 다시 씌워줬다. 리쿠는 신기한 표정으로 말없이 있다가 모자가 제대로 씌워지자 기쁘다는 듯이 '헤헤' 소리를 내며 웃었다.

류노스케와 텐의 도움으로 거대한 모래 산을 만드는 공사가 끝났다.

TRIGGER

"류, 고생 많았어."

가쿠가 조금 놀란 표정으로 산을 바라봤다.

"아니, 이럴 계획은 아니었는데… 하다 보니."

타마키와 나머지 세 명은 존경의 눈빛으로 류노스케를 봤다. 텐도 몇 번씩이나 즐겁게 물을 길어왔다.

텐이 아이처럼 웃고 있으므로—

조금 나이가 많은 형으로서, 리쿠와 타마키를 타이르기도 하고, 미츠키의 사죄를 자연스럽게 받아넘겼던 것이 은근히 기뻤다. 그래서인지 류노스케는 평소보다 기분 좋게 촬영할 수 있었던 것이다.

"터널을 만들려고 했는데 아까우니까 이걸로 충분해. 만족했어. 류 형, 아빠, 고마워."

"천만에. 오히려 타마키 군, 모두들…… 고마워."

"오?"

조금 이상하다는 듯한 얼굴로 타마키가 끄덕였다. 왜 '고맙다'고 하는지 모를 것이다. 텐이 촬영 현장임에도 가끔 본모습을 보이며 웃을 때가 있는데, 그럴 때 '이런 분위기 만들어줘서, 고마워.'라고 말하고 싶을 때가 있다. 혹여 텐이 이 말을 듣고 마음의 문을 닫아 버릴까 봐 입 밖으로 꺼내진 않는다.

"그럼 우리 손 씻으러 가자. 쿠죠 형도."

미츠키가 말했다. 텐도 이제 '형'이라는 말이 익숙해진 듯, "그래, 리쿠도 가야지."라며 리쿠를 챙겼다. 텐이 모두를 인솔해 데리고 갔다.

"류는?"

텐이 돌아보며 말했다.

"나중에. 어차피 한꺼번에 가면 다 못 씻잖아. 씻고 와."

신나서 떠드는 네 명을 가쿠와 류노스케는 먼저 보냈다.

"있잖아, 이거 겉모습도 3살 아이라면⋯ 더 귀엽지 않을까? 특징만 살려서 어떻게 안 되려나?"

가쿠가 팔짱을 낀 채 진지하게 말했다.

"어? 가쿠, 그게 무슨 말이야?"

"아니, 저 녀석들은 저대로 겉모습도 3살 아이라면 정말 귀여울 것 같지 않아?"

"귀엽겠지만⋯."

"게다가⋯ 텐이 너무 자연스럽게 웃고 있으니까. '형' 느낌으로."

TRIGGER

류노스케도 웃으며 고개를 끄덕인다.

"빠져들게 되지. 리쿠와 타마키 그리고 미츠키가 너무 자연스럽잖아. 텐이 만약 학교 선배였다면 정말 잘 챙겨주고, 만약 형제였다면 아주 다정한 형이었을 텐데."

텐은 곤란하거나, 울고 있는 아이를 보면 부드러운 얼굴로 말을 걸어준다. 원래 텐은 '그런' 사람이다. 순수한 텐의 본모습. 리쿠와 타마키 그리고 미츠키와 함께 하다 보니 그들에게 동화되어 자연스러운 웃음을 짓는 텐은, 텐의 나이에 맞게 보였다.

완벽한 텐과는 다른, 어린아이 시절의 텐이 보이는 기분이 들어서 류노스케도 가쿠도 기분이 좋아졌다.

"뭐, 그래도 만약 나랑 학교에서 만났다면 버릇없는 후배였을 테고, 형제였다면 잔소리쟁이 동생이었을 거야. 저 세 명과 함께니까 그런 거야. '달려라, 학교 POPS!' 촬영 때도 그랬잖아. 우리랑 있을 때와는 완전히 달라."

가쿠의 말에 류노스케가 웃었다. 가쿠가 질투하고 있는 것처럼 보였기 때문이다.

'달려라, 학교 POPS!'를 촬영할 때도 IDOLiSH7의 분위기에 동화되어서인지, TRIGGER로서 TV에 나올 때와는 다른 모습

의 텐이었다. 팬들도 그런 텐의 모습을 좋아했고, 가쿠와 류노
스케도 텐이 TRIGGER로 있을 때와는 다른, '10대'로서 지내
는 모습에 마음이 따뜻해졌다.

"기획사에서 이 일을 무사히 통과시켜 줘서 다행이야. 아이
돌끼리 하는 프로그램이지만 서로 경쟁만 해서 분위기가 험악
해지지도 않고, 텐과 비슷한 나이대와 함께 할 수 있다는 게.
우리 아버지도 가끔은 잘한다고 생각하게 되네."

텐이 있는 앞에서는 이런 내색을 하지 않는 가쿠가 나지막한
목소리로 말했다. 가쿠의 성격이기도 하지만, 이런 말을 들으면
텐도 반발할 게 분명했다.

하지만— 신경이 쓰이기는 했다.

"역시 가쿠도 함께 산을 만들었으면 좋았을 텐데. 한 번 더
부를 걸 그랬어."

류노스케뿐만 아니라 가쿠도, 조금은 마음 편히 '형'의 얼굴
로 웃는 텐과 함께 모래 산을 만들었으면 좋았을 텐데.

가쿠는 순간, 생각을 하더니

"됐어. 만약 그랬다면 부성애에 눈을 떴을지도 몰라."

진지하게 대답했다.

TRIGGER

"부성애…?"

"저 녀석들 정말 귀엽다니까. 3살 아이는 위험해."

진심으로 걱정하는 가쿠의 모습에 류노스케는 자신도 모르게 웃음이 터졌다.

그렇게 산이 만들어졌고, 촬영은 계속됐다. 3살 아이들이 공원에서 놀고 있는 모습을 TRIGGER 멤버들이 정탐하는 장면이다.

"저게… 어둠의 힘에 세뇌되어 3살 아이가 돼 버린 불쌍한 희생자들."

서로를 바라보며 끄덕이는 TRIGGER 멤버들, 하지만 정작 '희생자들'은 즐겁게 그네를 타고, 신발 멀리던지기 놀이를 하며, 그다지 '불쌍하지 않게' 지내고 있었다.

그렇다고 해도 영상을 통해서 보이는 초현실적이며 예상을 벗어나는 분위기와 스토리가 이 드라마의 매력이다. TRIGGER 멤버들을 메인으로 제작했다면, 이런 드라마가 되지 않았을 것이다. 스페셜 게스트로 참여하게 된 TRIGGER도 지금까지와는 다른 매력을 발산하게 되는 계기가 되었다.

"애처롭군."

"그렇군."

가쿠와 텐의 심각한 표정과, 놀고 있는 타마키와 리쿠 그리고 미츠키의 갭이 엄청났다.

미츠키와 타마키는 그네를 서서 타며 힘껏 구르고 있었고, 리쿠는 무언가 걱정스러운 듯 앉아서 조용히 그네를 타고 있다. 타마키가 리쿠에게 무언가를 말하자, 리쿠는 결심했다는 듯 그네에 발을 올렸다.

"아…."

텐이 숨을 죽이고, 리쿠를 향해 걸어갔다.

"위험한 짓은 하지 않는 게 좋아."

텐의 드문 애드리브였다. 그네의 줄을 손으로 잡아 멈췄다.

대본 대로 하지 않고 임기응변으로 해도 좋다는 이야기를 미리 들었다.

계속 촬영하고 있던 카메라에는 분명 평소와는 다른 '상냥하고 조금은 과보호를 하는 형'인 텐이 많이 찍혀 있을 것이다. TRIGGER로서 활동할 때는 보이지 않는 텐의 본 모습 중 하나이다. 어쨌든 텐이다. 그러므로 계산되지 않은 그대로의 텐의 모습을 보일 리는 없었다. TRIGGER 내에서는 가장 나이

TRIGGER

가 어리므로 '상냥한 형'의 모습은 만들고 싶어도 만들 수가 없다. 분명 플러스가 될 것이라는 계산을 하고 연기를 하는 부분도 있을 것이다.

타마키와 미츠키는 텐의 앞에서 신기하다는 듯한 얼굴로 대답을 했다. 나무 그늘에서 지켜보던 가쿠와 류노스케는 텐의 움직임에 따라 모습을 드러낼 수 밖에 없었다. 바로 뒤에 TRIGGER 멤버 세 명이 이야기하는 장면이 있기 때문이다.

가쿠와 류노스케는 천천히 그네가 있는 곳으로 걸어가기 시작했다.

"아무도 나를 찾지 않아도 정의가 나를 부른다! 사랑에 눈을 뜨고, 사랑을 위해 살며, 사랑을 위해 싸운다. 에이전트 나기 등장! 어둠의 힘이 원하는 대로 되게 두지 않겠다!"

나기의 목소리가 울려 퍼졌다.

소리는 살짝 뒤쪽에서 들렸다. 뒤돌아보니 정글짐의 꼭대기에 검은 슈트를 입은 나기가 빛나는 야광봉을 흔들며 포즈를 취하고 있다.

금발 머리가 햇빛을 받아 반짝거린다. 손에 들고 있는 야광봉은 켜졌다 꺼지기를 반복하고 있다. 검은 슈트를 입은 멋있는 모습과 정글짐 꼭대기라는 미스 매치.

그곳에 있는 모두는 나기를 놀란 듯 바라봤다.

"대본이랑 다른데."

"그러게."

가쿠와 류노스케가 조용히 속삭였다.

나기는 정글짐에서 등장할 예정은 아니었다.

물론 대사도 아주 평범했다.

"설마 점프해서 내려오지는 않겠지?"

류노스케가 나기의 다음 액션에 대해 가쿠에게 말했다.

"그러는 게 여기엔 더 맞을 것 같긴 한데, 어떻게 하려나."

모두의 주목을 한 몸에 받은 나기는 야광봉을 무사의 검처럼 허리에 차고 있는 칼집에 넣었다. 깔끔하게 한 번에 들어가는 걸로 봐선 주문 제작한 것 같다.

바람이 지나간다.

나기는 무심한 듯 정글짐의 철 기둥을 잡고, 모두에게 등을 보이며 한 칸씩 천천히 그리고 우아하게 내려왔다.

검은 슈트 차림의 신사와 정글짐의 갭이 재미있으면서도 묘하게 귀여워 보였다.

TRIGGER

"뭐야… 이게…."

가쿠가 중얼거렸다.

정글짐에서 내려온 나기로부터 '세뇌당한 희생자인 불쌍한 이 세 명을 보호하고, 지켜주길 바란다'라는 부탁을 받는 장면을 찍었다.

촬영 후, 무슨 이유에서인지 류노스케와 나기는 모래 산을 '모래성'으로 바꿔 만들기 시작했다.

나기가 모래 산에 감동한 나머지 "나의 재능이 꿈틀거리기 시작하는군요. 아트, 아트를 하고 싶어요."라고 했기 때문이다.

나기의 말에 이끌린 류노스케도 아트에 참가해 세세한 부분까지 신경 써가며 모래성을 제작하고 있었다. 너무 진지하게 만들고 있었기 때문에, 부숴버리기에는 아까웠다. 멤버들이 앞서거니 뒤서거니 하며 '모래성' 앞에서 사진을 찍고 있는 도중에 스태프의 소리가 들렸다.

"실례합니다, 여러분. 다음 장면을 위해서 대중 목욕탕을 전체 대여했으니 이동 부탁드립니다."

손을 입에 대고 큰 소리를 내는 스태프에게 나기가 'OK'로

답했다.

"그럼 바로 이동할게요. 그전에 부탁 하나만. 이 멋진 기념비와 함께 저희 사진을 찍어줄 수 있을까요?"

나기가 가까이에 있던 류노스케에게 휴대전화를 달라고 했다. 받은 휴대전화를 나기는 스태프에게 건네주고, 그곳에 있는 멤버들을 불러 모았다. 남의 일인 듯 조금 떨어진 곳에서 모래성을 보고 있던 텐과 가쿠도 이끌려 왔다.

"뭐야, 나는 괜찮은데."

"OH! 서두르지 않으면 안 돼요. 목욕탕 장면을 촬영해야 하는 야오토메 씨와 미츠키, 타마키, 리쿠 보내줘야 해요. 마음대로 안 찍는 건 NO예요."

마치 텐이 멋대로 군다는 양 모호하게 말하며, 밖에서 촬영했었던 모두를 불렀다.

"이걸 만든 주인공인 나와 츠나시 씨는 뒤로, 야오토메 씨는 츠나시 씨 옆에. 다른 사람들은 모래성 앞에 앉아주세요."

리쿠와 타마키는 성 앞에 앉으며 활짝 웃고 있다.

"리쿠, 그 자세 잘 어울리는데."

"헤헤."

TRIGGER

"그거 칭찬 아니지? 리쿠는 왜 싫은 내색 없이 웃고 있는 거야."

"어? 칭찬하는 거 아니었어?"

포기했다는 듯한 얼굴인 텐의 셔츠 소매를 리쿠가 아래에서 살짝 잡아당겼다.

"텐 형."

"텐텐 형."

리쿠와 타마키가 동시에 부르자 텐은 알았다는 듯이 '어쩔 수 없지'라는 표정으로 리쿠의 옆에 앉았다. 미츠키는 당황하는 듯하다가, 역시 분위기 파악을 잘하는 미츠키답게 "자아~." 라며 세 명의 앞에 팔을 괴고 옆으로 누웠다.

"나도?"

안 찍겠다던 가쿠도 류노스케가 웃는 것을 보고 포기한 듯 한숨을 내쉬며 류노스케의 옆에 섰다.

모래성 뒤에 나기와 류노스케. 류노스케의 옆에 떨떠름한 표정으로 웃고 있는 가쿠. 텐은 리쿠, 타마키와 함께 나란히 앉아 있고, 미츠키는 맨 앞에 옆으로 누워있다.

스태프가 휴대전화의 셔터를 눌렀다.

모두 각각의 개성이 드러나는 웃는 얼굴이 찍혔다.

시간차를 둔 점심 휴식 시간이다. 가쿠와 미츠키, 타마키 그리고 리쿠는 목욕탕에서 촬영 중이다. 그 사이에 류노스케와 텐은 분장실로 돌아와 점심을 먹는다.

드라마 촬영을 하는 경우, 모두 같은 외부 도시락을 먹는 것이 일반적이지만 인터넷 방송국 프로그램이어서 그런지, 아니면 IDOLiSH7의 문제인지, 예산이 얼마 없어서 편의점에서 산 거라며 스태프가 계속 미안한 얼굴로 도시락을 분장실로 가져다주었다.

"고마워요, 배고팠는데."

일부러 시간에 맞추어 사다 준 것에 고마움을 표하며 받자,

"각자 도시락에 이름이 쓰여 있을 테니 확인하고 드세요."라며 머리를 숙였다.

이름이 있다는 건… 자세히 들여다보니 비닐봉지에 손글씨로 이름이 쓰여있는 명함 크기의 메모지가 붙어있었다.

"류 형에게, 생선이 많이 들어가 있는…이라, 이건 타마키 군이 쓴 거 같은데?"

대담하게 쓴 손글씨 메모지를 보고 류노스케는 웃었다. 하얀 비닐봉지에서 도시락을 꺼냈다. 생선구이와 하얀 쌀밥이 메인인 기본 도시락이다. 일반인들에게 알려져 있지는 않지만, 사실 류노스케의 아버지는 어부다. 류노스케는 해산물을 정말 좋아한다.

"우리를 생각해 주는 IDOLiSH7의 마음이 담겨 있는 도시락이네. 좋아하는 음식을 미리 조사해서 도시락을 준비할 수 있도록 스태프들에게 말해 뒀나 봐. 정말 괜찮은 아이들인 것 같아."

어쨌든 두 그룹은 라이벌 관계이다.

하지만 진심으로 괜찮은 아이들이라고 생각하고 있다.

"쿠죠 텐 씨에게… 이건 텐 거다."

자신의 도시락 옆에 있던 봉지를 텐에게 건넨다. 텐은 메모지에 쓰인 것을 힐끔 보고는 "이 글씨…"라고 중얼거렸다. 알고 있는 글씨체인 것 같았다. 메모지를 뜯어 주머니에 넣는다.

부스럭거리며 꺼내보니, 오므라이스 도시락이었다.

텐이 슬며시 웃는다.

"따뜻하네."

TRIGGER

"정말."

텐이 좋아하는 것은 오므라이스였다. 최고급 레스토랑에서 이름도 모르는, 보기에도 고급스러운 요리가 텐의 이미지에는 어울리지만.

편의점 오므라이스 도시락 뚜껑을 재빨리 열고는 "잘 먹겠습니다."라고 말한 뒤, 플라스틱 숟가락으로 노란 달걀을 푹 찌른다. 흘러내리는 노른자 안에는 케첩 맛이 나는 빨간색 밥. 숟가락으로 떠서 한 입 먹는 텐의 모습이 귀여워서 류노스케가 싱긋 웃었다.

"왜, 뭐야?"

텐이 류노스케를 봤다.

"아니, 아무것도 아니야. 빨리 안 먹으면 식어. 나도 얼른 먹어야지. 잘 먹겠습니다."

류노스케도 도시락 뚜껑을 열고, 나무젓가락을 반으로 나눈다.

"오므라이스는 식어도 맛있어."

텐은 퉁명스럽게 말했다. 변명이라도 하는 듯한 말투가 신선했다. 자신도 모르는 사이에 나와버린 진심을 류노스케에게 들켜 부끄러워하는 것 같기도 했다.

"응, 맞아. 식어도 맛있어."

"그렇지?"

아무 일도 없었다는 듯이 텐은 우아하게 숟가락을 사용하여, 오므라이스를 맛있게 먹었다.

●아이나나 학원 스페셜 드라마

~특별 출연! TRG 학원~ 대본

장소⋯⋯⋯⋯⋯학원의 음악실

피아노를 치면서 악을 정화하는 능력을 발휘하는 뛰어난 에이전트 '건반의 가쿠'. 하지만 그 힘을 발휘하기 위해서는 음악 선생님을 하면서 에너지를 쌓아야 한다.

수업에서 아이들을 가르친 뒤, 음악실에 혼자 머문다.

복도에는 어둠의 힘으로 조종당한 학생들이 좀비처럼 걸어 다니고 있다.

어느 선율을 연주하면 가쿠의 몸에서 파동이 생성된다. 좀

TRIGGER

비 학생들이 움직임을 멈추고, 몸을 떨면서 쓰러지는 장면. 음악실로 돌아와서 연주하는 '건반의 가쿠'의 피부에는 한순간이지만 마방진이 생겼고, 가쿠의 손가락이 도중에 멈췄다.

가쿠   "…아직, 힘이 부족해."

가쿠, 건반을 쾅 친다.

다시 복도에서 움직이기 시작하는 학생들이 음악실 문을 연다.

가쿠   "소중한 아이들에게 상처를 입혀서는
        안 되겠지만, 이대로 두는 건
        방해가 될 것 같아."

학생들과의 액션 장면. 쓰러져 가는 학생들.

교실로 달려 들어오는 류노스케와 텐.

류   "가쿠."

텐   "꽤 요란하게 해치웠네.
        일반인들은 끌어들이지 말라는
        상부의 지시를 잊었어? 건반의 가쿠는
        나중에 징계받을 준비해."

> **가쿠**　"잠시 기절한 것뿐이니까 걱정하지 마."
>
> 그곳을 조여오는 그림자. 야마토 등장.

　　TRG 학원의 진행은 순조로웠다. 처음엔 1회 완결인 스페셜 판으로 할 예정이었지만, '이것도 넣고 싶고, 저것도 넣고 싶다'라는 스태프들의 요청으로 이야기가 점점 늘어나 몇 회에 걸쳐 방송하게 되었다.

　　촬영 중에 1화가 방송되고, 감상평이 해시태그를 달고 빠르게 퍼져나가 시청자들은 이제 TRIGGER도 찾아보기 시작했다. 애드리브가 많은 IDOLiSH7에게 무리하게 이끌려 나오는 TRIGGER 멤버들의 반응이 시청자들에게 호평을 받았다.

　　— 잠… 깐… 쿠죠 텐의 흰 가운, 너무 귀해.

　　— 류노스케 씨, 엄청 상냥한 얼굴로 웃잖아. 섹시함이 뚝뚝 떨어지는 류노스케 씨도, 부드러운 류노스케 씨도 너무 최고. 류 형이라고 부르자 '왜?' 할 때의 그 얼굴!

　　— 건반의 가쿠. 독사 텐. 돌려차기의 류. 예상을 빗나가서

TRIGGER

웃음이 멈추질 않았는데 액션이 시작되니까 멋짐 폭발.

— 츠나시 씨의 가라테 도복 가슴이 너무 풀어 헤쳐져 있는 거 아니에요? 감사합니다!

"코스프레한 느낌이 평가가 좋은 것 같네."

해시태그가 달린 감상평에 대해 텐이 말했다.

자투리 시간이 날 때마다 촬영을 이어갔다. 첫 회만큼은 한 시간 동안 촬영을 했지만, 다른 촬영 날은 시간을 많이 낼 수가 없었다. TRIGGER가 너무 바쁘기 때문이다.

분장실에서 검은 셔츠에 빨간 넥타이, 스타일리시한 안경으로 의상을 갖춰 입은 가쿠가 진지하게 말했다.

"코스프레한 느낌이라… 우리는 이즈미 형제 같은 의상이 아니어서 다행이었어."

이유는 모르겠지만 이오리는 '매지컬★코코나'의 의상을 입고 있었다. 선도부원 완장을 팔에 두르고 교복을 입은 텐이 이오리에게 복장 주의를 주는 장면은 보고 있는 것만으로 웃음이 나왔다.

촬영 전에 의상을 입은 이오리를 보고, 웃는 게 미안해서 여러 가지 표정을 지어가며 참는 가쿠를 이오리는 아무 말 없이 차갑게 힐끗 볼 뿐이었다.

오히려 텐은 아무렇지도 않은 듯, 대본대로 선도부원의 대사를 했다. "그 복장은 교칙 위반입니다."라며 이오리에게 주의를 줬다. 액션도 아닌데 이오리와 텐이 서로 노려보는 것만으로도 불꽃이 튈 만큼 묘하게 압력이 들어간 한 장면이 되었다.

"아아, 그거. 그때 촬영 재미있었지."

풋, 하고 웃는 텐에게 "텐은 그런 면이 소악마스럽다는 거야."라며 가쿠가 얼굴을 찌푸렸다.

"소악마? 어디가? 난 단지 이즈미 이오리와 붙는 장면이 많아서 매번 그가 배역을 확실하게 준비해 오는 걸 즐기고 있었다는 얘기였는데?"

텐이 턱을 들어 올리며, 아무것도 아닌 듯 말했다.

"그렇구나. 확실히 이즈미 동생은 제대로 준비를 하고 오지. 긴 대사도 틀리지 않고 한 번에 OK였고, 액션도 말이야."

"이오리 군뿐만이 아니라 모두 그랬어. 현장 분위기도 따뜻하고, 자연스러우면서 정말 즐거웠지. 우리도 진지하게 임하게 했잖아."

TRIGGER

류노스케의 말에 텐과 가쿠가 끄덕인다.

그렇다— 이 현장은 즐겁다. '즐기게 해줘.'라는 TRIGGER의 말에 IDOLiSH7 멤버 모두는 진심으로 임했다. 그렇다고 즐겁기만 한 것은 아니다. 멤버 모두 프로 의식을 마음에 새긴 채, 아이돌끼리의 그저 그런 드라마가 아닌, 온 마음을 다해 좋은 영상을 만들기 위하여 절차탁마 했던 것이다.

"류는 이제 그만 해도 되지 않아? 근육 키우기."

"그런가? 가라테 기술을 선보이는 장면에서 빈약해 보이면 멋이 없잖아."

가쿠는 음악 선생님 역할이다 보니 전자 피아노로 연습하고 있다. 텐은 화학부 소속 학생이므로 화학 잡지를 읽고 있다. 류노스케도 뭔가 해야 되겠다는 생각에 일본사를 공부하고, 근육을 키우기 위해 운동을 시작했지만 어째서인지 가쿠와 텐에게 평이 좋지 않다.

"더 이상 근육이 붙으면 코디가 힘들어 하니까 적당히 해."

텐이 딱 잘라 말하자, 류노스케는 "응."이라고 대답하고는 야단맞은 대형견처럼 풀이 죽어 축 처졌다.

가쿠가 피아노를 치고 있다. 마디는 굵지만, 큰 손에 긴 손가락. 하얀색과 검은색의 건반을 미끄러지듯 움직이는 손가락에서 모두 눈을 떼지 못했다. 힘 있게 건반을 누르고, 두드리는 듯한 정열의 음색이다. 스태프들이 "가쿠 씨, 피아노도 잘 친다."라며 조용히 속삭인다.

점점 고조되어 가는 멜로디. 강하게, 좀 더 강하게.

하지만 도중에 멈춘다.

"…아직, 힘이 부족해."

절망한 듯 어깨를 늘어뜨리고는 건반을 열 손가락으로 살짝 눌렀다.

대본과는 다른 움직임. 하지만 지금까지 했던 격정적인 연주에서 분위기를 바꿔, 부드럽게 내는 불협화음이, 가쿠가 연기하는 에이전트가 가지고 있는 초조함을 절실하게 느끼게 했다.

불안감도 퍼졌다. 포르티시모 그리고 피아니시모. 아름다운 화음 뒤의 불협화음.

음악실의 문이 열렸다. 저항 없는 움직임으로 학생들이 들어왔다. 세뇌되어 조종당하는, 초점 없는 눈을 하고 있는 학생들.

"소중한 아이들에게 상처를 입혀서는 안 되겠지만, 이대로

TRIGGER

두는 건 방해가 될 것 같아."라고 가쿠가 중얼거렸다.

후려치며 덮쳐 오는 학생들의 팔을 가볍게 쳐내면서, 등 뒤로 이동했다. 목덜미를 손날로 치고 쓰러지는 학생을 안아 올렸다.

춤추듯 움직였다. 학생들 사이를 가벼운 스텝으로 빠져나가며, 차례차례 기절시켰다. 안아주는 것까지가 한 세트였다. 안은 채 부드럽게 자리에 누웠다.

"가쿠."

학생들이 모두 쓰러진 뒤에 류노스케가 음악실로 들어 왔다.

"꽤 요란하게 해치웠네. 일반인들은 끌어들이지 말라는 상부의 지시를 잊었어? 건반의 가쿠는 나중에 징계받을 준비해."

텐이 걸치고 있던 흰 가운의 밑단을 젖혔다.

"잠시 기절한 것뿐이니까 걱정하지 마."

세 명이 있는 곳에 낮은 웃음소리가 울려 퍼진다.

가쿠가 둘러본다. 교실을 가로질러 그랜드 피아노의 뒤쪽으로 기타 피크를 던진다.

"—저쪽이야."

흰 가운을 입고 있는 야마토가 나타나 휙 던져진 피크를 검지와 중지 사이로 잡아내며 능청스럽게 말했다.

"…피아노뿐만 아니라 기타도 친다는 설정은 못 들었는데. 그리고 흰 옷을 입은 사람이 두 명이면 겹쳐서 둘 다 띌 수가 없잖아. 괜찮겠어?"

'컷' 소리는 들리지 않았다. 이대로 촬영은 이어졌다.

카메라가 멈춘 시점에서 가쿠는 야마토에게 다가가 불만을 이야기했다.

"니카이도, 너… 설정이라니 뭐야. 애드리브라고는 해도 너무 과한 거 아니야?"

"하지만 리허설 때 그런 날리는 도구도 쓰지 않았잖아. 피크 날릴 거면 날릴 거라고 얘기해줘. 그걸 우연히 잡았으니 다행이지, 만약 못 잡았으면 나도, 던진 가쿠도 멋있지 않은 장면이 되잖아. 그래서 어쩔 수 없이 그런 대사를 한 거야."

"너희들은 애드리브 하고 싶은 대로 하면서, 우리가 미리 말하지 않고 애드리브 했다고 이런 반응을 보이는 거야?"

하지만 무리 없이 잘 지나갔다. 류노스케가 웃는 얼굴로 텐의 흰 가운을 자연스럽게 벗기면서 "이제 됐지?"라며 홀리는

TRIGGER

듯한 눈빛으로 물었고, 그 장면은 잘 마무리되었다. 류노스케는 흰옷이 겹친다는 말을 듣고, '그런가?'라고 생각하여, 텐의 흰 가운을 벗긴 것이었지만, 의도하지 않았던 류노스케만이 가진 섹시함이 드러난데다가 서로의 애드리브가 잘 살아난 재미있는 장면이 연출되었다.

하지만 그 뒤는 야마토와 가쿠의 긴장되는 전투 장면이었다. 논스톱으로 한 번에 난투극이 벌어지는 장면으로 연결되면서 숨 막히는 액션이 계속되었다. '컷' 소리가 나고 가쿠와 야마토 모두 숨을 헐떡였다.

"동요하는 TRIGGER 멤버들을 보고 싶기도 하지만, 꽤 어렵네."라고 야마토는 가볍게 말했다.

슬레이트를 치는 소리가 나고 연기가 시작되자, 각자 맡은 배역의 분위기로 바뀌고, 야마토는 살기를 드러내며 가쿠를 노려본다. 야마토의 살기를 깨트려 보려고 피크를 던진 것인데, 야마토의 페이스는 흐트러지지 않았다.

"예능 쪽에서는 자신들이 한 수 위라고 생각하고 있지? 우리를 너희들 마음대로 요리하려면 백 년 후에 다시 찾아 와."

"10년 정도로 깎아주는 건 어때? 백 년 후면 형님도 할아버지일 테니까."

나직이 말하는 야마토의 어깨를 가쿠가 웃으며 툭 친다. 이 길 수 없는 남자. 하지만 미워할 수도 없는 남자.

TRIGGER 멤버들의 본모습이 상대방의 진심에 의해 가끔 보이는 경우가 있지만, 그렇다고 그들에게 휘둘리지는 않았다.

서로의 애드리브에 임기응변으로 대처해 가며, 진지한 연기도, 곡예에 가까운 액션 장면도, 코믹한 장면도 어디 하나 흠잡을 곳이 없었다. 좋은 분위기로 촬영이 이어졌다.

"어떤 의미로든 너희한테 질 생각은 전혀 없어."

"저런, 그거참 안됐네."

씽긋 웃으며 대답하는 야마토의 어깨를 툭 치며

"오늘 촬영 끝나고 시간 되면 한잔하러 갈까? 류도 이후에 스케줄 없거든."이라고 제안한다.

"라이벌이랑 너무 친하게 지내는 건 좀 아닌 것 같아."

촬영 후, 대기실에서 텐이 가쿠에게 말했다.

야마토를 비롯한 IDOLiSH7의 멤버들과 가볍게 술 한잔하자고 제안한 것에 대한 비난이다.

TRIGGER

"허물없이 지내는 게 나쁜 건가? 이건 허물없이 지내자는 게 아니고, 좋은 작품을 만들기 위한 커뮤니케이션의 일종이야. 니카이도나 오사카, 이즈미 형의 배역에 관한 이야기를 듣고 나도 참고할 거니까."

"참고는 촬영 중에 하는 걸로 충분하지 않아?"

"충분하다고 할 수는 없지. 좀 더 상대를 제대로 알고 싶어. 이런 건 텐도 알고 있잖아? 허물없이 지내는 것과 선의의 경쟁은 다른 거야."

가쿠와 텐의 의견 대립에 언제나 그렇듯 류노스케는 어쩔 줄 몰라 한다.

서로 이야기하는 부분이 모두 맞는 말이기 때문이다. 텐이 하는 말도, 가쿠가 하는 말도, 모두 일리가 있는 말이다. 둘 다 옳았다. 그러므로 둘 다 한 치의 양보도 없었다.

그래도 어떻게든 중재를 해보려고 입을 여는 류노스케의 손에서 휴대전화가 울렸다. 화면을 보니, 나기한테 온 래빗 챗이었다.

"수고하십니다. 지난 번 모래성 앞에서 찍었던 사진 저에게도 보내주세요."

그러고 보니 아직 보내주지 않았다. 휴대전화로 찍은 후에 아무에게도 안 보내줬다. 사진첩을 열어 찾아봤다. 밀짚모자를 쓰고 즐거워 보이는 리쿠와 그 옆에 별일 아니라는 듯한 텐의 하얀 얼굴. 만족스러운 듯 웃고 있는 타마키의 얼굴. 텐은 IDOLiSH7의 3살 아이 역을 맡은 세 사람과 함께 있으면 류노스케나 가쿠에게도 좀처럼 보이지 않는 표정을 짓는다. 곤란해하거나, 웃거나 하는 쿠죠 텐 그대로의 본모습.

텐은 중학교 때부터 해외에서 생활했고, 고등학교를 우수한 성적으로 조기 졸업했다. 당연히 친구들과 학교생활을 즐기지는 못했다. 그러고는 바로 아이돌로서 정상을 향해 열심히 활동했다. 텐은 이 부분에 대해 단 한 번도 불만을 말한 적이 없다.

"술이 아니라, 함께 가볍게 식사라도 하자고 하는 건 어때?"

나기에게 사진을 전송한 후, 류노스케는 가쿠와 텐의 얼굴을 교대로 바라보며 제안했다.

"IDOLiSH7 멤버 모두와 TRIGGER, 다음 촬영을 위해 이번 촬영의 반성회. 배고프니까 밥도 먹으면서 말이야. 술은 금

TRIGGER

지."

"반성회?"

텐이 말했다.

"류가 술을 거절한다고?"

가쿠도 말했다.

류노스케는 술을 좋아한다. 라이브나 녹음이 끝난 후에는 술을 마시며 마무리하고 싶어 한다. 그런 류노스케가 술은 금지라고 말했기 때문에 가쿠가 놀란 것 같다.

"…조금 더 즐기고 싶으니까."

류노스케는 웃으며 둘을 바라봤다.

"조금 더…."

"…즐기고 싶다고?"

"응, 우린 좀 더 즐길 수 있고, 좀 더 잘할 수 있어. 어떤 그룹보다도 최고니까. 그러기 위해선 IDOLiSH7 멤버들과 함께 반성하고, 또 한 걸음 앞으로 나가고 싶어. 나를 두근거리게 만드는 건 언제나 TRIGGER야. 그러니까…."

류노스케는 말이 부족하다. 부족한 말은 마지막 순간인 태도로 —무대에서 춤으로 채워가며— 가쿠와 텐의 옆에 있는다.

지금 류노스케의 이 기분을 잘 전하고 있는 건지는 모르겠다.

하지만—

"무슨 소리 하는 거야. 우리가 최고라는 건 당연한 거 아니야?"

텐이 거만한 표정으로 어깨를 으쓱해 보였다.

"그러게. 새삼스럽게 말로 하지 않아도 다 알아."

가쿠가 웃으며 말했다.

셋의 시선이 교차했다.

춤을 출 때, 서로의 조금 부족한 부분을 채워주며 리듬을 타듯이, 서로의 기분이 그렇게 맞아 들어갔다.

TRIGGER는 노래도 댄스도 연기도— 최고의 아이돌 그룹이다. 늘 목표는 정상이다. 그것을 셋 다 각각의 방법으로 자각하고 있다.

그룹을 결성 하기 위해 만났던 클럽에서 흐르는 음악에 몸을 맡긴 그날부터 계속….

TRIGGER의 열의를 끌어올리는 데 술 따위는 필요 없었다.

TRIGGER 세 명과 음악이 있으면 그걸로 충분했다. 댄스 스텝을 밟으면 그것만으로도 모두 함께 몸이 뜨거워졌다. 노래를

TRIGGER

부르면 기분이 좋아지고, 연기를 하면 연기에 녹아들어 각각의 매력이 반짝거리며 빛났다.

"뭐, 미성년자가 함께하는 자리니까 그 자리에 있는 누군가가 술을 마시는 것도 좋을 것 같지는 않아. 조심해서 나쁠 건 없으니까. 테이블 위에 술병이 올라와 있는 걸 보고 누군가가 사진을 찍어서 잡지에라도 올리면, 마시지 않고 동석했다는 것만으로도 안 좋은 소문에 휩싸일 수 있어."

가쿠의 말에 텐이 살짝 웃으며 말했다.

"그런 부분까지 신경을 쓰다니, 감동인데?"

"너, 그거 칭찬하는 거 아니지? 놀리는 거지?"

"사람 말은 순수하게 받아들여야지."

또 투닥거리는 둘을 바라보며 류노스케는 나기에게 래빗 챗을 전송했다.

"끝나고 다 함께 식사 하는 거 어때?"

나기로부터 바로 대답이 왔다.

"YES!"

매니저 없이 TRIGGER와 IDOLiSH7이 모두 모였다.

근처의 오코노미야키와 몬자야키를 하는 음식점에 모두 10명. 반짝반짝 빛나는 그룹들이지만, 서민적인 음식점이어서 그런지 그들이 누구인지 알아도, 손님들도 점원들도 못 본 척해줬다.

테이블엔 탄산음료와 주스, 우롱차와 함께 미츠키와 소고가 주걱으로 솜씨 좋게 만든 대량의 야키소바와 오코노미야키가 올려져 있다. 미츠키와 소고가 몬자야키의 테두리 모양을 잡기 시작했다.

소고의 옆에는 타마키가 앉아서,

"소우, 매운 거 넣지 마."

라고 소고가 테이블에 있는 작은 병에 손을 뻗을 때마다 브레이크를 걸었다.

"니카이도는 안 만드는구나?"

가쿠가 야마토에게 말했다.

"해주는 사람이 있으면 안 하자는 주의여서. 그러는 야오토메는?"

"난 해주고 싶은 사람이 없으면 안 하자는 주의라서."

"아, 그래?"

TRIGGER

가쿠와 야마토는 의외로 죽이 잘 맞았다. 우롱차를 기울여 가며, 몬자야키의 좋아하는 토핑부터 시작해 연기 이야기까지 말이 끊이지 않았다.

미츠키의 옆에는 이오리가 앉았고, 이오리의 앞에는 텐이 앉았다. 텐의 옆에 딱 붙어 앉아 계속 싱글벙글 웃고 있는 리쿠를 이오리는 힐끔힐끔 보고 있다.

철판의 열기로 인해 텐의 볼이 상기 되었다. 이오리가 얼른 접시와 젓가락, 조그만 주걱을 모두에게 나누어 주는 걸 받으며,

"고마워. 역시 매지컬★이즈미 이오리. 센스 있네."

라고 텐이 웃으며 말했다. 완벽한 천사의 웃는 얼굴이지만, 이오리는 얼굴을 찌푸렸다.

말없이 눈을 치켜뜨는 이오리를 보고, 나기가 저쪽 자리에서 일어서며 말했다.

"OH! '매지컬★코코나' 이야기하는 거예요? 반성회에 딱 어울리는 예술적인 화제네요. 나도 거기에 끼고 싶어요."

"좋지, 이쪽으로 와."

텐이 살짝 손을 흔들며, 이오리의 옆자리를 가리켰다. 나기가

이오리와 미츠키의 사이를 가르고 앉았다.

"로쿠야 씨, 무리하게 끼어 앉지 말아요. 안 그래도 좁은데."

"노 프라블럼. 이오리도 신경 쓰지 말고 '매지컬★코코나'에 대해서 함께 이야기해요. '매지컬★코코나'는 누구의 사랑도 거부하지 않아요…!"

딱 잘라 말하는 나기의 말에 이오리는 먼 곳을 바라봤다.

미츠키가 웃다가 진지한 얼굴로 전분을 몬자야키의 가운데에 부었다.

"이… 테두리가 흐트러지지 않게 부으면 정말 기분이 좋단 말이지."

신묘한 얼굴이 된 미츠키.

나기는 흥미진진한 표정으로 몬자야키를 바라본다.

"…오, 퍼펙트."

고개를 끄덕이는 미츠키를 보며 이오리가 웃는다.

"형이라면 잘할 줄 알았어요."

"몬자야키 만드는 거 내 특기니까. 소고는 어때?"

소고가 만들고 있던 몬자야키는 한쪽이 얇게 펴져서 전분이 조금 삐져나와 있다.

TRIGGER

"…실패했어요."

아주 큰 잘못을 한 듯 침울해하는 소고의 몬자야키에 류노스케가 주걱을 넣었다.

"어떻게든 되겠지. 괜찮아, 괜찮아. 어차피 먹으면 다 똑같아."

탁탁탁, 양배추와 가루로 테두리를 다시 만들어 가는 류노스케에게 타마키가 "류 형, 공사한다. 대단해!"라며 감탄했다.

"이제는 3살 아이 연기는 그만해도 돼."

가쿠가 말했다.

"…응."

"혹시 그거 연기가 아니고 원래 그런 거야?"

타마키가 아닌 미츠키가 대답한다.

"연기예요, 연기. 야마토 씨한테 어린아이 연기 지도받아서 정말 열심히 했으니까요. 어? 탄다. 자, 먹어요, 먹어. 야키소바랑 오코노미야키, 많이 먹어요."

늘 바로 다른 사람을 배려하는 미츠키는 3살 아이를 연기했던 미츠키와는 완전히 다른 사람이었다. 주걱을 들고 모두 오코노미야키와 몬자야키를 먹었다.

"맛있어!"

리쿠가 목소리를 높인다. 옆에 앉아 있는 텐을 보고 엄청나게 감동한 듯 말한다.

"다 같이 먹으니까 맛있다."

텐은 품위 있게 몬자야키를 주걱으로 떠서 입에 대고 "그러네. 맛있어."라고 작은 목소리로 답했다.

시끌벅적한, 좋은 밤이었다.

최종화는 연기를 보고 있는 촬영팀까지 손에 땀을 쥐게 하는 활극이 계속되어서 볼거리가 많았다.

비가 많이 내리고 있었다.

옆으로 세게 내리는 빗줄기 때문에 모두의 몸이 다 젖었다. 하늘의 뚜껑이라도 덮은 듯한 비구름이 TRIGGER 세 명의 얼굴에 어두운 그림자를 만들었다.

세뇌당한 리쿠와 타마키, 미츠키를 구하기 위해, 돌려차기의 류가 와이어액션으로 화려하게 싸움 장면을 연기했다. 비와 바람이 머리카락을 흩날리게 하는 가운데에서도, 주먹을 합치며 대적하고, 발차기하며 날았다. 숨이 멎을 듯한 난투극 끝에, 이

TRIGGER

오리는 류노스케를 차서 날렸다. 진흙 범벅이 된 바닥에 류노스케는 굴러떨어졌다.

독사 텐도 화학의 힘으로 만든 플라스크 폭탄을 던져 소고의 죽도에 맞추어 떨어뜨렸다. 날씨 탓에 빛이 적어, 세계는 어둠에 휩싸여 있었다. 텐의 손에 있는 플라스크는 무기라기보다는 여름밤의 반딧불이처럼 덧없고 신비로운, 그 무언가로 보였다. 공중에 던져져 희미하게 빛나는 그것을 소고의 죽도가 파괴해 버렸다. 그리고 근소한 차이로 텐이 이겼다. 폭탄이 파괴되며 유리가 깨지는 소리. 소고가 쓰러졌다. 깨져서 떨어지며 날리는 유리 조각들이 반짝반짝 빛나는 것이 환상적이다.

가쿠와 야마토가 싸우며, 한데 얽혀 스튜디오의 음악실로 뛰어 들어왔다. 도중에 나기도 함께 싸우게 되어, 2대1로 대치하는 장면도 있었다.

야외에서 서로 싸우다 흠뻑 젖어 의상이 피부에 딱 달라붙은 모습으로, 음악실의 피아노에 앉아 점점 거리를 좁혀오는 세뇌된 학생들을 풀어주기 위한 선율.

흐르는 음악에 따라 가쿠의 전신에 그려둔 마방진이 드러났다.

일부러 그러는 것일까. 가쿠는 스튜디오까지 가는 문을 열고 달려 들어왔다.

점점이 찍힌 젖은 발자국. 카메라가 쫓아간다. 열린 문의 반대쪽에서 비와 바람. 피아노 연주 소리와 밖에서 들리는 빗소리가 함께 들렸다. 가쿠의 피아노 소리에 맞춰 거칠게 부는 바람이 창문을 두드리고 있다.

마계를 전부 파괴하기 위해 가쿠는 피아노를 쳤다.

세뇌가 풀렸다.

패배했음을 인지한 야마토는 휘리릭 몸을 감추며 사라졌다….

위기일발의 야마토의 야망을 저지할 수 있었던 세 명의 에이전트 TRIGGER의 덕분으로 학원에 평화가 찾아왔다.

텐, 가쿠, 류노스케, 세 명은 정적에 휩싸인 학원을 등진다.

천천히 걸어가기 시작한 가쿠는 뒤돌아보지 않고 손을 흔들었다.

─다시 만나자.

말로 하지 않았지만 가쿠의 생각이 모두에게 전해졌다. 명장면이었다.

TRIGGER

아이나나 학원 스페셜 드라마 번외편 ~TRG학원~

스페셜 드라마 TRG 학원 방영 후 시청 소감이 엄청났다. 원래 팬이었던 사람들 뿐만 아니라, 지금까지 TRIGGER에게 흥미가 없었던 사람들까지 TRIGGER의 매력에 빠졌다. TRIGGER의 서랍장, 또 다른 칸의 서랍이 열렸다고 팬들은 입을 모아 이야기하고 있다. TRIGGER는 대본 대로의 연기만이 아니라 애드리브도 잘한다. 팽팽한 긴장감을 느끼게 하는 멋있는 모습도 좋지만 힘을 빼고 하는 연기도 좋지 않아?

그래.

어떤 장면에서도 TRIGGER는 모두의 마음에 매력의 탄환을 명중시켰다.

폭발하듯 튀어 오르는, 그 선두에서 이끄는 건 언제나 TRIGGER.

가쿠와 텐, 류노스케. 세 명이다.

매력을 쏘아 올리는 탄총에서 손을 떼지 않는다. 이것이 TRIGGER의 방식이다.

〈END〉

TRIGGER

어느 프로그램 시청자의 풍경

Re:vale의 모모의 안테나는 언제나 모든 방향으로 향해 있다.

"저기, 유키. 인터넷 방송 프로그램 중에 '아이나나 학원'이라는 드라마, 정말 재미있다고 얘기했던 거 기억해?"

인기 아이돌 그룹 Re:vale가 MC를 볼 때 '엉뚱함 담당'인 모모다.

머리 뿌리는 블랙, 일부분만 애쉬 실버로 염색한 짧은 머리. 머리끝은 느슨하게 풀어져 있다. 절세의 미소년까지는 아니지만, 자연스럽게 사람들의 눈길을 끄는 독특한 분위기를 가지고 있다.

"기억해. 모모, 우리 집 와서 실시간으로 보여줬잖아."

오늘 모모는 같은 그룹 멤버인 유키의 집에 와 있다. 둘의 댄스는 호흡이 척척 맞고, 하모니도 절묘하게 잘 맞는다. 게다가 유키는 모모의 농담이나 틀린 부분을 절묘하게 끊고 지적하는 유일한 상대이다.

유키는 주방에서 요리를 하며 말하고 있다.

유키의 아름다운 긴 머리는 요리할 때 뒤로 묶여 있다. 하얀 피부에 잘생긴 얼굴, 왼쪽 눈 밑에 점. 망국의 왕자를 연상시키

는 아련함과 기품이 있는 유키는 요리를 잘 한다.

BGM으로 낮게 흐르고 있는 것은 제작 중인 앨범에 들어갈 곡 중 하나. 편곡을 어떻게 할지 고민 중인 곡이어서 이동 중이나 집에 있을 때도 계속 되풀이해서 듣는 중이다. 뭔가가 조금 모자라는 느낌이다.

"그 드라마, 요즘 평이 아주 좋은 것 같아. 최종회 방영되고 끝났나 싶었는데 스페셜 번외편까지 한대. 게다가 오늘 밤에!"

"어쩐지, 그래서 우리 집에 온 거구나."

모모의 말을 듣고 유키는 주방 테이블 위에 특제 그레이비소스를 뿌린 로스트비프가 있는 접시를 놓았다. 호스래디시도 듬뿍 곁들였다. 사이드로는 오랫동안 찐 따뜻한 채소, 매시드 포테이토. 두껍게 자른 베이컨과 신선한 토마토로 만든 파스타 아마트리치아나. 그리고 냉장고에서 꺼낸 피클.

오늘은 각자 일이 있었다. 그래서 모모는 유키에게 '오늘 밤 유키네 집에 놀러가도 돼?'라며 연락을 했다. 모모가 그런 연락을 하는 게 이상한 일은 아니었다. 집에 왔을 때 배고파하는 모모를 위해 요리를 하는 것도 늘 있는 일이다.

"유키, 매번 내가 좋아하는 거 만들어줘서 고마워."

"별 말씀을."

유키가 대답하며, 앞치마를 벗고 모모의 맞은편 의자에 앉았다.

모모는 여러 번 같은 걸 요리해 줘도 질려하지 않고, 그렇다고 아는 척하지도 않는다. 오랫동안 알고 지내 온 사이이니 조금 편하게 대해도 될 텐데, 어쨌든 무엇을 만들어 주든 늘 좋아하며 감사의 말을 전한다.

"유키의 대단한 점은 매번 조금씩 조금씩 나아진다는 점이야. 이 파스타 맛있어. 나한테 이렇게 잘해주면 혹시 나 사랑받고 있는 건가? 오해할 것 같아."

"그러네. 근데 그거 오해가 아니라 이해야."

선뜻 '사랑'이라는 말을 부정당하지 않자 모모는 함박웃음을 짓는다.

"유키도 참. 그런 말을 하려면 앞으로는 미리 눈치를 좀 줘. 제대로 마음의 준비를 하고, 바른 자세로 전신의 안테나를 유키에게 돌려 경청하고 싶으니까."

서로 사이가 좋은 것을 소재 삼아 가벼운 토크를 즐기는 Re:vale였다. Re:vale의 멤버 둘은 그룹을 결성하며 갑자기 사이가 좋아진 것이 아니다. 아이돌로서 카메라 앞에 설 때 이외에도, 개인적으로도 언제나 서로 챙겨주며 지낸다.

"알았어."

유키는 풀어져서 흘러내리는 머리를 귀 뒤로 넘기며, 피클을 먹었다. 아삭아삭아삭.

"아, 그 리듬 좋아."

"내가 피클을 씹는 리듬?"

"응."

유키는 고개를 갸웃한다. 다시 한번 아삭아삭 먹으며 "그러네"라면서, 유키도 고개를 끄덕였다.

BGM과 피클을 씹는 음이 섞여서 들린다. 별다른 생각 없이 좋은 타이밍에 피클 씹는 음을 넣는다.

"리듬인가. 깊이 있지만 경쾌한, 살짝 높은 음. 의도하고 홀이나 야외에서 음악을 틀었을 때 밖으로 퍼져나가는 음을 만들었었는데, 이 곡은 저음을 울리지 않아도 괜찮을지 모르겠어. 헤드폰을 이용해서 듣는 사람용으로 만드는 것처럼… 요즘엔 스피커를 이용해 듣는 사람도 많지 않고."

"응, 응."

"앨범은 밸런스도 중요하니까. 이 곡은 조금 가벼운 느낌으로 편곡해 보자. 깊이 있는 느낌의 소리를 내는 방법도, 리듬을 타는 방법도, 그건 그거대로 괜찮을지도 몰라."

부부 만담을 하는 것 같다며 자주 듣는 대화는 자연스럽게 일에 대한 상담이나 확인이 된다. 임기응변으로 호흡을 맞추며 화제를 바꾸어 간다.

"유키는 역시 천재야! 유키가 만드는 곡 너무 좋아!"

"알고 있어."

후후후… 웃으며 대답한다. 아삭아삭. 모모도 피클을 집어 유키와 비슷한 리듬으로 먹기 시작한다.

"아, 벌써 시간이. 방송 시작할 거야. 예의에 어긋나지만 보면서 먹어도 돼?"

"그래."

BGM을 끄고 인터넷을 연결했다. 모모는 익숙한 듯 유키의 컴퓨터를 조작했다.

화면 가득 크게 보이는 프로그램 타이틀.

'TRG 학원'.

"있잖아, 얼마 전에 내가 TRIGGER를 만나서 연락처를 주고

받았을 무렵에 마침 이 '다음 스페셜 드라마 번외편은 TRG 학원입니다'라는 인터넷 뉴스가 떠서 눈을 의심했어."

"…내용이 꽤 황당했던 걸로 기억하는데. 너무 모험하는 거 아닌가, TRIGGER."

"그렇지~. 그래서 유키랑 함께 보려고 한 거야. 진짜 재미있을 것 같거든."

"그랬구나."

모모는 재미있는 것을 찾아내는 데 능숙하다. 안테나에 걸리는 모든 것들을 즐기고 있다. 그리고 유키는 언제라도 모모에게 '즐겁게' 휘말려 든다.

그들에게 보이는 것은 서로의 웃는 얼굴만이 아니다. 둘의 시선 끝에는 언제나 '팬들'이 있다. 세계의 그 누구보다도 지금을 열심히 즐기고, 내일을 더욱더 빛나게 하기 위해 호기심을 가득 안고 전력 질주할 것이다.

그것이 언제나 톱 아이돌로서 달려가고 있는 Re:vale가 강한 이유였다.

〈END〉

After Word by Teiko Sasaki

◆후기

처음 뵙겠습니다. 사사키 테이코라고 합니다.

〈소설 아이돌리쉬 세븐 아이나나 학원〉의 노벨라이즈를 읽어 주셔서 감사합니다.

개성 가득한, 각각 노력하는 사람들로 모인 아이돌 그룹, IDOLiSH7, TRIGGER, Re:vale의 멤버들을 저 나름대로 재미있게 써 보았습니다.

'아이나나 학원' 촬영 때 무대 뒤에서 그들이 어떠한 나날을 보내고 있는지, 웃고, 서로 격려하며, 서로의 유대감을 높여가고 있는지. 고민하고, 어떤 생각을 하는지. 그런 배경의 한 부분을 조금이라도 드러낼 수 있도록 노력했습니다.

노벨라이즈화에 있어서 도움을 주신 관계자 여러분, 멋진 삽화를 그려주신 타네무라 아리나 선생님, 원작을 써주신 츠시미 분타 선생님, '아이돌리쉬 세븐'이라는 깊은 세계에 함께 할 수 있도록 해 주셔서 진심으로 감사합니다.

읽어 주신 여러분, 정말 감사합니다. 조금이라도 즐거우셨다면 기쁠 것 같습니다.

소설 **아이돌리쉬 세븐** 아이나나 학원

2024년 12월 08일 초판 인쇄 2024년 12월 15일 초판 발행

소설 : TEIKO SASAKI
캐릭터 원안·일러스트 : ARINA TANEMURA
원작 : BANDAI NAMCO Online
역자 : 이지윤
발행인 : 황민호
콘텐츠2사업본부장 : 최재경
책임편집 : 소민주 / 임효진 / 김영주
발행처 : 대원씨아이(주)

서울특별시 용산구 한강대로 15길 9-12
전화 : 2071-2000·FAX : 6352-0115
1992년 5월 11일 등록 제 3-563호

잘못 만들어진 책은 구입하신 곳에서 교환해 드립니다.
문의 : 영업 02) 2071-2072 / 편집 02) 2071-2119

ISBN 979-11-423-0278-7 03830